思想的沸点 | 代序

吴 岩
（北京师范大学教授，世界华人科幻协会会长）

沸点是物质的相变点，意味着物质性质将发生彻底改变。

中国的科幻文学在新世纪已经到达了相变点，这样，希望出版社的"沸点"科幻丛书应运而生。

有关新世纪科幻文学的特点，我觉得大抵不会离开后现代、全球化、市场经济、消费主义等一些对当前社会进行描述的现象的影响，但这其中，科学技术改变了未来跟现实的力量对比，把原本漂浮在时间前方的一种可能与渴望，变成了此时此地的冲撞性遭遇。2001年的"9·11事件"，让整个世界反思，当人们信誓旦旦地谈论科学战胜宗教带来有希望未来的同时，人类的思想现状和社会现状并未发生根本性的改变，世界范围内的发展不均衡和对帝国主义的反抗,能达到使人惊悚的真实效果。而2011年日本"3·11地震",把大自然的诡异灵动跟人类开发原子能的努力相互联系,再度给人们敲响了警钟。近年来,大家所关注的转移因作物、干细胞研究、3D打印术、甚至谷歌眼镜,也都各尽所能且前所未有地让种种不清晰的未来凶猛地嵌入我们的生活。今天,任何人走进医院,都会发现成百上千种前所未见的药物正在伺机投向我们的机体,而媒体技术的创新与改进,早已让信息超载的当代人类的心灵更加失调……我们正在跟未来冲撞,但未来的冲量和更多动力学特征,都还没有被彻底研究和解释。

即便是科幻文学这种文类,也正在面临诸多的考验。早在2007年我就在《文艺报》跟韩松和刘秀娟的一次对话中谈到,作为一种能够良好处理20世纪上中叶人与科技关系的理想的文学类型,科幻小说在21世纪正面临着全面的危机。摆在作家面前的是彻底改变了位置的未来,它像猛兽一样正一爪一爪地近距离刨向我们。当未来学家面对未来束手无策,当未来的冲撞重创我们每个人的时候,科幻文学只能寻找一种革新自己、以便继续生存的方法。这种革新,一方面要协助人类度过未来的冲击;另一方面,则要彻底拯救文类自身的存在。

不单单是中国作家看到了科幻的危机和未来的危机,在美国日本和更多

沸点科幻丛书
FEI DIAN
KE HUAN CONG SHU
主编：赵国珍

李伍薰 著

海穹英雌传

HAIQIONG YINGCIZHUAN

1 金鳞汗女

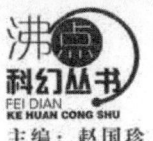

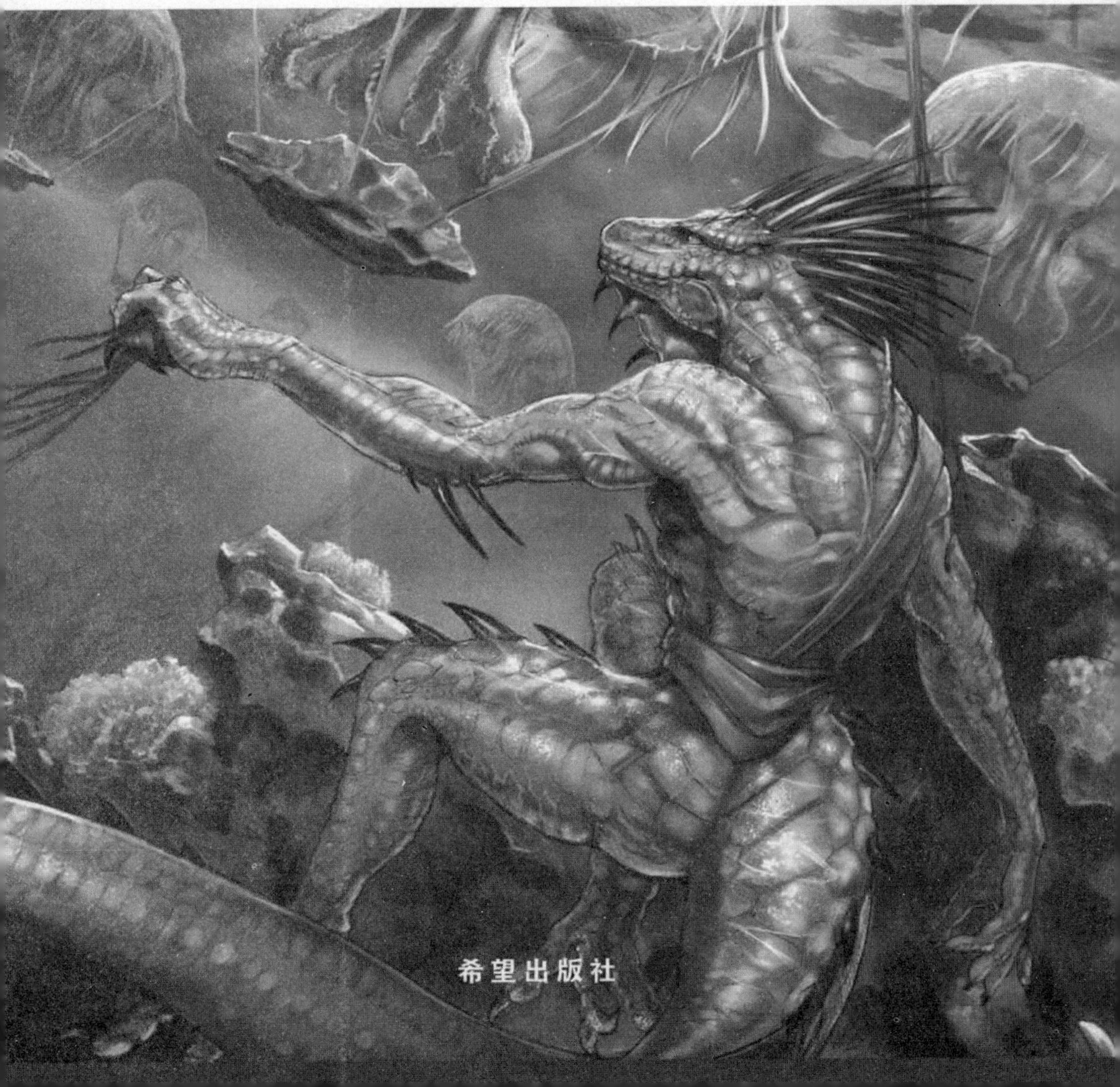

希望出版社

图书在版编目（CIP）数据

海穹英雌传.1,金鳞汗女/李伍薰著.--太原：希望出版社，2014.10（2022.5重印）
（"沸点"科幻丛书）
ISBN 978-7-5379-7096-9

Ⅰ.①海… Ⅱ.①李… Ⅲ.①科学幻想小说-中国-当代 Ⅳ.①I247.5

中国版本图书馆CIP数据核字 (2014) 第 225280 号

沸点科幻丛书
海穹英雌传·金鳞汗女
李伍薰　著

出 版 人	王　琦
选题策划	杨建云　赵国珍
责任编辑	翟丽莎　赵晓旭
复　　审	刘志屏
终　　审	杨建云
装帧设计	陈东升

出　版	山西出版传媒集团·希望出版社	地　址	山西省太原市建设南路21号
开　本	720mm×1010mm　1/16	印　刷	三河市金兆印刷装订有限公司
印　张	13	版　次	2014年10月第1版
印　数	5001-10000 册	印　次	2022年 5 月第2次印刷
标准书号	ISBN 978-7-5379-7096-9	定　价	26.00 元

编辑热线　0351-4922124
发行热线　0351-4123120　4156603
版权所有　盗版必究　若发生质量问题，请与印刷厂联系调换。
联系电话：0316-3528897

国家，现实和文学的双重危机也激发着所有深陷其中的从业者和爱好者思考与拼搏。最近几年，我到东西方参加科幻会议的时候，都会发现一个有趣的论题，就是如何利用科幻作品进行学校教育。参加这种讨论的人包括作家、教师、图书管理员和出版人，他们的目标只有一个，要在一个高速变化的时代给青年人以新的未来承受力。而这其中，我觉得最重要的努力，会来自作家。毕竟，教师、出版人、图书管理员在没有合适作品的状态下，无法作出有价值的工作。

令人兴奋的是，跟我一样对当前的世界变革与科幻变革具有敏感性的中国作家还有很多。大家熟知的刘慈欣和韩松，都通过邮件或面对面谈话，跟我讨论过相关的话题。而更多作家则用他们自己的作品来展示他们的思考。"沸点"科幻丛书可以说是这种思考的结晶。

与"奇点"科幻丛书不同，"沸点"科幻丛书的作者都已经是中国科幻领域中具有深度影响力的作家，他们通过自己的思考和创作实践，敏锐地抓住现实与未来的关键特征，通过神秘而吸引人的故事，期待把这些有关未来的思考传递出来，给更多读者疗伤或免疫。

我觉得这套丛书有以下三个特点。

首先，它们来源很广。北方与南方、海峡的两岸……从不同方位不同角度不同社会状态下去观察未来，会提供多种可能的差异性解决方案。中国太过幅员辽阔，任何一个地区性的问题，在另一个地区都会改变模样，而生活在不同区域的作者所提供的差异巨大的解决方案,将丰富整个人类文化的视野,丰富人类选择的方式。

其次,它们积淀深厚。由于"沸点"科幻丛书选择的都是已经在科幻行业中具有影响力的作者,从他们的多年思考中,能看到他们对许多问题的超前意识与深度反应。而这才是面对未来冲击的宝贵财富。阅读他们的作品,你能跟随他们一起让思想沸腾。

第三,它们关注全球化问题。如果说科幻作家在一百年前还可以偏居于狭小的世界,仅仅谈论资本主义或共产主义的各自未来,那么在今天,他必须对互联网、高速交通工具、全球股市、海洋污染、大气变化等建立起足够的框架,才能让读者从中领略真实。科幻作家是真实的创立者,更是真实的建构者和毁灭者。

恰恰是在上述三个特点的吸引下我阅读了"沸点"科幻丛书的大部分作品。我向读者推荐这些作品,更期待读者就此跟作者进行讨论,对话,反馈,如果说未来正在伤害我们,且这种伤害是大范围的,那我们就必须通过集体治疗去消除伤害。

在微生物的存在未被发现之前,人类不懂得如何面对传染病的威胁。而微生物的发现和一系列连带的科研成果,使人认识到沸腾的重要作用。我觉得

"沸点"科幻丛书的最重要的价值是搭建了一个有价值的平台,在这个平台上,期待更多已经在文坛展露头脚的作家烘焙自己,让自己的创作走向沸点。

是为序。

于北京师范大学教育学部

科幻与创意教育研究中心

2013年8月27日

创作感言
献给加拉巴戈

李伍薰

这个故事的开始,可以从 2001 年的秋季说起。

那年我刚进入台湾大学渔业科学研究所就读,有门必修课《渔业科学特论》,是由所里的老师们轮流主讲,每周分别就一个与渔业相关的主题进行概略性的介绍。从法规、渔具、鱼市场、早期胚胎发育、海洋生物多样性的存续、鲎的保育一直讲到我所主修的斑马鱼分子生物学,课程多元而充实。

某一周的主题是《海洋资源》。这题目乍听之下不怎么有趣,岂料,上课时,老师在投影幕上投射出大洋性洄游鱼类。我凝视着黑鲔鱼(蓝鳍金枪鱼)、黄鳍鲔等鱼种野性而优雅的身影时,一个前所未有的概念突然在我脑海里浮现——有没有一个种族能够终日栖息在海面、追逐着潮流和鱼群生活呢?

后来老师继续在课堂上讲解海洋资源,我却已无法专心,只因一种崭新的生活方式、一个创新民族的架构已经在我脑海里孵化,并且壮阔地开演。与此同时，我突然想起了儿时曾阅读的《小牛顿》杂志第 21 期，当期所刊载的主题是位于南太平洋、隶属于厄瓜多尔的火山岛屿——加拉巴戈群岛。19 世纪中叶，查尔斯·达尔文搭乘"小猎犬"号在此靠岸，详细观察了当地的多种生物形态后，归纳出震撼世界的"演化论"。(虽然大陆多用"进化论"这个名词，但我觉得"演化"比"进化"更能够忠实诠释 Evolution 这个名词的原始含意。)

日后，这个群岛成为我心中的圣地，不仅因为这里是达尔文曾逗留之处，更因为这里有着全球绝无仅有的海鬣蜥与奇特的生态体系。(虽然我起初比较喜欢厚重的象龟。)它们长满鬣的颅颈，抿着的厚厚唇鳞，看似凶恶又憨厚的身影开始在我脑海里游动起来，它们摆动尾巴的模样多么像拥有智慧、拿着鱼叉在汪洋中巡逻的海洋民族呀！于是，歌瓦的形象在我脑海中渐渐鲜明，并且成了支撑这个幻想世界不可或缺的支柱。

这部以海鬣蜥演化而来的智慧物种"歌瓦"为主角的《海穹英雌传》，献给我年幼时的震撼，献给加拉巴戈，也献给达尔文。希望我能跳出人类及陆地本位主义的束缚，勾勒出栩栩如生的崭新世界，营造出引人入胜的异界风情。"海穹"系列正是想要呈献给您一个异彩纷呈的故事。我愿以键盘为笔，以文字捕捉脑中幻象的余影，努力地画出一幅幅异世界的素描！

我想要回归创作原点，为华文世界书写一卷崭新的海洋史诗。

坚持独特创意，这是我想继续走下去的路！

极光之洋

浡里帖勒

索吾仑

柔兰巴托

伊犁布楚

西叙亚大陆

瓦尔大陆

玛莲恩

爱顿堡

厄尔斑尼岛

约翰走路堡

优格梭里

白沙岛

目录 | CONTENTS

引　子 ……………………………………………… 001

序　章　来自汪洋 ………………………………… 003

第一章　优格梭里 ………………………………… 020

第二章　海穹庐 …………………………………… 058

第三章　晴空响雷 ………………………………… 092

第四章　托答 ……………………………………… 129

附录一　歌瓦的分类地位 ………………………… 181

附录二　苏嫣行星简史 …………………………… 182

附录三　歌瓦演化史 ……………………………… 186

附录四　歌瓦的外在形态与内在生物特性 ……… 191

后　记 ……………………………………………… 194

引子

"别叫我们蜥蜴人!"海盗犹迦丁生气了,"我们是歌瓦。"

海盗犹迦丁有着一颗蜥蜴头,身材高大强壮,尖锐的牙齿令人望而生畏。她的颈后竖立着五彩长棘,即使是共和妇女挽着的头发也没那么高耸。

她浑身长满绿鳞片,长尾巴重重地甩在地板上,把大理石地砖敲碎了好几块。兰尔国王于是知道了她的愤怒,因为海盗犹迦丁把刀架在他的颈上。

"别再叫我们蜥蜴人。"她开口说,獠牙阴森森地散发出威胁的光,"除非你们人类也想被我们叫做无尾猿猴。"

"蜥蜴人",海盗犹迦丁厌恶的字眼,是人类称呼她们的方式。

她们自称歌瓦,在她们族类的语言里,这个词代表着智慧。

兰尔王说:"好吧！朋友,今后我的子民将不再用那个字眼称呼你以及你的伙伴,从今以后,所有人都得称你们为歌瓦。"

从那时起,人类改称蜥蜴人为歌瓦,双方对对方的性别和外貌都能够相互尊重、相互包容,于是两个种族建立了长久的友谊……

——共和国古典神剧·《流浪的蜥蜴人》

序章
来自汪洋

哎哟!大人哪!

她们乘着浓雾隐蔽而来,就把船靠在岸边,

又在雾散前划着桨离去。哎哟!大人,我的家没了!

她们的鳞片粗糙,牙尖嘴利,眼睛放出闪电,

头顶竖着长长的棘,一副凶狠的坏模样,

任谁看了都会不自主地发颤哟!

她们是游猎民哟!

纵横七海的游猎民!

毁我家园的海洋游猎民!

满身金鳞的紫眼珠单汗是她们的头儿,

她就要乘着沧龙过来啦。

哎哟!我的好大人哪,求求您多待一会儿吧!

我的椰枣宁愿请您吃,也不想给海盗,不想喂蜥蜴人!

哎哟!我的好大人哪!多待一会儿吧!

——摘自古波勒坦民谣

　　她仰起头望着天,头顶上掠过漂泊候鸟的影子了,它的翅膀拍得有些急,只因海域到处飘散着杀戮的气息……

　　银色的浪花在金光闪耀的海面上翻腾着,湿热黏腻的云气里夹杂着一丝咸味。这是一个标准的南洋夏日,海面上,被炽热艳阳蒸腾飘起的水气,就像面厚薄不一的透镜,让穿过海面映在瞳孔里的景象忽而稀疏,忽而稠密。

　　透过冉冉上升的热气眺望出去,相隔数里远的洋面上,敌人的庞大军队也显得飘忽不定,黑压压一大片仿佛乌云笼罩着。数百艘船舰、兵艇、战梭、海骑一字摆开,叉、枪、钩、爪映射着阳光,更显出敌方赤瑁部统领众多氏族的壮观军容。她们喧嚣着,高声地吟唱着曲折的战歌——成千母蜥蜴齐声怒吼向来是士气高涨的象征。

　　看来,这场仗比先前预料的还要难打,她忖度着。

皇姆单汗登上主舰，眺望着远处的敌军，仿佛看见了多年前初临战场的景象。那时的敌人——黑鲔部、丫髻部和最强大的绿蠵部，现在都已不复存在了，只有赤珺部苟延残喘多年。经过三十二年苦斗，今日，皇姆单汗将与最初的敌人一决雌雄。

回忆中，多年前那场春末的战役，似乎也是在这么一个晴朗的烈日下展开的。

"还记得，那一年，似乎也是鳐年①哪！"皇姆单汗若有所思地喃喃自语。她浑身上下长满稻穗色的明亮方鳞，肩披鲨甲，头戴铜冠，身形健壮优美，乍看上去好似条金碧辉煌的九尾皇姆鱼，浑身散发着豪气。

"单汗，本族军士们已经照你的吩咐排兵布阵完毕，请你校阅！"

两名提着标枪、身披鲛皮铠甲的部属走过来禀报。皇姆单汗闻言，走到主舰舰首，点校着军列。两翼舰列如同大雁展翅般一左一右延展开来。

她的视线随着波浪起伏，在主舰左侧，依序停列着十八艘与主舰大小相同的大型塔舰，宽阔的舰首站着五六十名持刀握盾的战士，高耸的角锥形舰

---

① 海洋游猎民的历法以十六年为一循环周期，每年分春、夏、秋、冬四季，每年以一种海生动物为代表，作为该年出生的幼蜥生肖，其先后依序为：鳎、鲭、鲛、蠵、鲷、鲟、鳐、虾、蛟、鱿、鲸、鲔、贝、鲈、鲽、鲀，不断循环，每十六年称为一周旬，各周旬又与青、黄、赤、白、黑五正色循环搭配，形成八十年为单位的大周旬。

塔挺立于舰身中央，三挺弩炮按照高低前后架设其上，塔顶竖着一面鳞旗，多数是角鲸部的蓝旗，其余几面旗帜，则分属于结盟的各部落。

每艘塔舰前方各停列着两艘兵艇，兵艇船身低矮，波涛掀起的白色泡沫不时溅到甲板上，上面运载着为数众多的兵卒，按照兵种各自有着不同配备。在两艘塔舰之间，也夹着两艘兵艇和三艘蒙冲战船。皇鲟单汗目光所及之处，只见旌旗森然罗列，百战雄师的气势浑然天成。

右翼军列与左翼相当，只是塔舰数目较少。六十余艘轭着蛟龙的战梭集结在右翼舰列末端，此外还有万余名策骑蛟龙的海骑提缰持刀，散布在雁翅战列前方。

海面下的兵力也部署完成，就连二十八架海刃也都难得地全部备妥。皇鲟单汗走到舰尾，视察以棚船围成的防御组。她满意地点点头，紫色双眸突然绽放出凛凛气势，射出锋利的光芒。

她面向左挺举手中的三叉戟，耀眼的阳光透过透明的枪尖锋刃，化作七道光芒撒向各处。这时左方一个丹顶白鳞的勇将也从塔舰上走出来，高举手中标枪回礼，摊着右手指爪表示内心的由衷赞叹。皇鲟单汗右手握拳，在胸甲上一击，发出响亮的声响，相隔甚远的两位大将很有默契地朗声大笑着。

另一名绿鳞圆甲的勇者头顶长棘竖着，高举角弓致敬，再往后是个黑鳞的高瘦英雌，拉缰从蛟龙背上立起致意。几名将领陆续与单汗互相致意后，左翼所有兵卒一齐高举兵刃，向皇鲟单汗回礼，好似要迫不及待地投身战场一般。

皇姆单汗再面向右,举着三叉戟鼓舞诸将领与诸部族母,右翼同样也没有丝毫怯战的模样。

她知道,时机来了!即使难缠的宿敌军容逐渐壮大,即使顽强的赤瑁部就像只紧衔着胜利的凶猛鲨鱼,皇姆单汗也有把握能赤手空拳扳开鲨鱼长满利齿的血盆大口,叫对手把吞下去的胜利给硬生生吐出来。那就是英雌!那就是征服者!那就是皇姆单汗!

隔着宽阔海原,热气蒸腾依旧,但是皇姆单汗看出了制胜战机,她毫不犹豫地从属下爪中接过大法螺,鼓足了浑身力气,胸腔蓄积的愤怒和热血瞬间爆发在辽阔海原上!

呜……就像只庞然巨鲸引吭高歌,大法螺吹出震耳欲聋的长嚎,声波敲击在胸腔,恰若亘古初开的雷鸣般荡气回肠。响彻云霄的法螺回荡在己方战列之间,震撼、激发着每个兵卒的战意;同样的法螺声传入敌军耳内,却让她们畏然生怯,颤抖着努力不让双脚跪倒,不让长尾颓垂。

法螺声激昂了士气,战斗于是展开。只见皇姆单汗脱去了赘饰,自舰首一跃而下,稳稳地落在专为她准备的蛟龙战梭上,她右手提缰,左手握着三叉戟,狂声怒吼着,蛟龙便咬着愤怒的牙向前狂游。

她感受着蛟龙紧绷昂扬的情绪,思绪随着海波起伏。蛟龙轭着缰辔,剧烈地摆尾,毫不犹疑地窜进,身上的四束须鲸筋拖着战梭飞驰着。几艘护卫的战梭也竞相争逐着跟上。

皇鲟单汗猛然扯动左缰绳,蛟龙突然左倾,战梭以单舷犀利地切过海水,在靛色浪面上划出一道不羁的白色弧线。她身后的护卫也全都拐弯跟上,同时在海面上切划出半径、弧度不等的几道抛物线。

她隐约觉察到许多黑影自头顶掠过,呼啸着钻向敌方舰群之中。在短兵相接之前,弩炮早已交错在双方船舰之间。一声响箭鸣起,而后百弓尽放,箭镞挟着绷弦余威奔腾直上,直到被艳阳的光所吞噬。

管不了箭落在哪里了!敌方舰首的赤旗清晰可见,皇鲟单汗的前方跃出了敌方战梭和海骑的身影。兴奋的战栗席卷她的全身,胸中战意昂扬,她纵声长啸,挥舞着三叉戟,迎向率先奔来的一位骑着蛟龙的海骑。

面对第一位敌人,皇鲟单汗从容做出应对,她先轻扯左缰,旋即再猛扯右缰,使得拉动战梭的蛟龙迅捷地向左稍稍偏斜,随后战梭却突如其来地大甩尾,右舷刮过海面,卷起漫天白浪,几乎要淹没敌方海骑,让直闯而来的海骑眼花缭乱。海骑刚举起标枪,但浪花尽头,皇鲟单汗一戟斜刺而来,直抵她的颈部。

于是海骑的标枪就只能停在自己的肩头,再也没有投掷出去的机会,三叉戟的锋刃划开了她颈上的细鳞,也划破了她的气管。

皇鲟单汗陡然振戟,海骑无力地从蛟龙上坠入海面。一击毙命之后,皇鲟单汗就像条因血腥而疯狂的鲨鱼,她怒吼着,看着敌方又一艘战梭杀来,便再度挺起三叉戟,迎了上去!

冲锋。浪花飞腾，双方瞬息将交错而过。敌人算计着，谨慎的目光凝视着皇鲟单汗的右胸，头顶的鬣棘威吓着竖立起来。

然而皇鲟单汗却不给对手犹豫的时间。她手握缰绳，猛然大扯三下，蛟龙狂窜，奔飞于水面上。刹那间，蛟龙坠海，战梭却离水凌空。敌人的长矛刺中战梭，战梭应声折断。敌人还在错愕，皇鲟单汗已居高临下、威风凛凛地甩动长尾末端的钉锤，将第二名敌人的尸首从战梭上飞扫落海。

"喝啊！"这时又有两匹敌方海骑冲向皇鲟单汗，单汗毫不犹豫地大喝一声，三叉戟左扫右刺，一颗脑袋瓜被砍飞到半空，另一名海骑身上喷出三道血泉，瞬间又有两条性命断送了。

"赤瑁部的歌瓦就这么点儿力气吗？大伙儿给我冲！杀她们个片甲不留！喝啊！"皇鲟单汗又高举着三叉戟，向后方友军炫耀着、展示着。在波浪激荡的战场上，她好似拥有抹香鲸的神力，所到之处所向披靡。

三叉戟晶莹剔透的锋刃在阳光映射下，乍然透出霓虹。舰队看见远处七色虹光大闪，知晓皇鲟单汗一击得胜，当下全军士气大振，隆隆战鼓擂得响彻云天，法螺吹得激越嘹亮，兵艇、战梭、海骑齐声呐喊着向前冲，一下子便与赤瑁部短兵相接，激烈的会战于是全面展开。

皇鲟单汗反手急刺，在意图偷袭的敌人颈上开了三个洞，然后乘势一转一扭又挺戟一刺，巧妙地将那颗蜥蜴头刺在三叉戟尖端。这时她见到赤瑁部的族母撷利阿舍驾着战梭，正由层层亲兵保卫着，内心不禁泛起潮水般的激昂斗志,于是扯着缰绳大喊:"跟我来,活捉撷利阿舍!"

皇鲟单汗率先驾着战梭直奔撷利阿舍,贴身护卫紧紧跟上,护卫扯满了弓,撷利阿舍的几个亲兵应声而倒。不料这时敌方亲兵也已经拉满弓瞄准皇鲟单汗,情况甚是危急。

皇鲟单汗见状又是一声怒吼,三叉戟朝着撷利阿舍奋力挥去,插在戟顶上的那颗蜥蜴头颅也直朝着撷利阿舍飞过去,砸得撷利阿舍手忙脚乱。连那些亲兵也都吃惊得忘记放箭,不一会儿工夫便被皇鲟单汗的护卫给射落坠海。

单汗的战梭直冲着撷利阿舍的撞去,双手抡起三叉戟连番横扫。她想活捉撷利阿舍,因此并没有痛下杀手;而由于距离太近,周围的敌兵也不敢对皇鲟单汗放箭,以免误伤撷利阿舍。

单汗的幺女哈勒台是单汗的贴身护卫,是个百步穿杨的神射手。她驾着战梭抽箭,一震,弦响,便贯穿了敌方亲兵的脑袋,箭镞从亲兵颅后鬣棘处刺出,看起来好似多了根鬣棘似的。紧接着她拔出战梭上插着的短斧,挥手一掷又劈裂了个敌军。在犹若虎鲸发狂般的血腥厮杀下,她也杀红了眼,见皇鲟单汗正挥舞着三叉戟与撷利阿舍的双斧搏斗,想要生擒撷利阿舍,当下便也兴起上前助阵的念头。

"好,这就去。驾!"就在哈勒台扯动缰绳时,突然感到腹部一阵剧痛。凭着母性的直觉,她大叹不妙,"不会吧?小蜥啊,你偏偏要在这时候出世?老娘正在打仗呢!"

远处又来个想要偷袭的敌方海骑，难忍的痛楚使哈勒台膂力突增，一把抢过对方刺来的标枪，再插回他的胸膛。这时两名本族海骑注意到了哈勒台的状况，骑着蛟龙上前询问。

"哈勒台，怎么了？"

"小蜥要出世了，快帮我！"哈勒台强忍着抽痛，用手压着腹部。一位海骑忙牵着蛟龙引领回航，另一位则招来更多的伙伴守护在哈勒台周围。

"再忍忍啊，哈勒台，离本阵不远了。"她们安慰着。

哈勒台的眼睛有些模糊了，但她还是勉强回过头去，望着前线的战局。她恰好看见皇鲟单汗的三叉戟横扫，撷利阿舍的左斧应声被削断，单汗没给撷利阿舍任何机会，一拳挥向她的头颅，又抬膝朝她的下颚猛顶，登时敲得撷利阿舍头昏脑涨。

皇鲟单汗跃上对方的战梭，拎着撷利阿舍的尾巴，把她拖到自己的战梭上，然后扯缰返航。她的三叉戟就抵在撷利阿舍的颈旁，紫色大眼恶狠狠地瞪着身后的敌军，倘使谁胆敢朝这里射一箭，撷利阿舍的那颗脑袋就要被割下来。

赤瑁部的那些护卫只能眼睁睁地望着撷利阿舍被皇鲟单汗生擒，她们握着弓弦搭着箭，既不敢拉满，也不敢放松。看着赤瑁部歌瓦们焦急的神态，看着她们背颈上的鬣棘烦躁不安地抖动，哈勒台暗自庆幸着胜利的到来。

能够生擒到赤瑁部的族母，这一仗几乎是不战而胜。

"好极了！小蜥出世的这天，是个打胜仗的好日子哪，只盼她今晚便能破壳而出……"正当哈勒台脑中闪过这个念头的时候，腹部的痛楚突然加剧了数倍，就像一道闪电几乎撕裂了她的肚子，她顿时感到眼前一片漆黑，接着便失去了意识……

两名海骑中的一位跃上了哈勒台的战梭，另一位则更加艰辛地且战且走。不久，又有更多的同族海骑纷纷迎上前来，靠拢在战梭周围护卫着。赤瑁部那些在战场上杀得眼红的战士们一见这艘角鲸部的战梭，鼻孔里贪恋着血腥，不由分说便挺矛搭弓杀将过来。

攻守交替十分激烈，双方各自折损了几名战士，却都没有丝毫怯意。僵持不下的战局让哈勒台的战梭几乎无法前进，以她为圆心，周围扩散激发着另一波冲突。

双方兵力不断在此集结，矛戈争战顿时四起。直到另一艘战梭从赤瑁部方向奔来，双方都注意到战梭上伫立着威风凛凛的皇鲟单汗，以及那把耀眼的三叉戟锋刃所抵着的、对赤瑁部而言更显眼的族母撷利阿舍。

角鲸部与赤瑁部的战士不约而同停止了厮杀，手中的兵器也全都垂了下来。海战的结果很明显，于是赤瑁部的将士们无言地掉头，零散地往后方洋面撤退。

赤瑁部的残兵朝着夕阳的方向逐渐远去，在海平面上成为连绵不断的黑点。这时皇鲟单汗周围响起了震天的欢呼呐喊，借由海风迅速感染后方船队，胜利的消息瞬间便传遍了整个海面。

在欢乐的呼喊声中,皇姆单汗望向那艘战梭,不解地问道:"怎么回事?"

海骑们纷纷让开身子,皇姆单汗的目光穿过手下的身影,好不容易到达了哈勒台的战梭。她见她的幺女昏厥在战梭上,身旁的一名海骑却咧着那张布满利牙的嘴,手里抱着一颗柔软乳白的革质卵②,笑道:

"紫眼氏族又添了一个继承者呢!单汗,苍生海眷顾啊!"海骑高举着手中那颗蜥蛋,兴高采烈地纵声大喊,周围的海骑们也跟着欢声雷动。

皇姆单汗点点头,从海骑手中接过那颗卵。她返身瞧向昏死在战梭上的撷利阿舍,又把视线转回到这颗匀称、略呈长椭圆的蜥蛋上,珍爱万分地注视着。

从此又多了一个统治海洋的血脉,真不知蛋里藏着的是个小雄蜥还是小雌蜥呢?皇姆单汗暗想着,也罢,是雌蜥最好,雄蜥儿也不赖,都是本汗的后代,都会是剽悍的海洋征服者。

温暖的海风吹过来,皇姆单汗的笑声嘹亮,她的属下们也跟着笑了。

仰赖着皇姆单汗的勇猛果断,角鲸部轻而易举地获得了胜利,这让她们欣喜若狂。征服赤瑁部之后,海面上就只剩下一半的部族了,剩余的另一半,则全

---

② 歌瓦(蜥蜴人)采取卵胎生繁衍后代,雌歌瓦将受精后的有羊膜卵储藏于体内,以恒定体温维持胚胎发育,经过两百四十天至两百六十天的发育期后,雌歌瓦产下柔软的革质卵,卵内蜥婴感受到温度的变化,便会在两日内以上颚的卵齿破壳而出。

都掌握在单汗的角鲸部爪中。征服这整个海洋，也就只差那么勾爪间的距离了。

她们是那么的兴奋，以至于没有任何一双眼睛察觉到高空中孤独飘过的黑色信天翁……

海风和洋流顺遂的时候，她们是豪爽热情的商旅和水手。

但是，任何时候，她们都不曾褪去残酷的务实本质；任何时候，她们都可以是屠夫、海盗，是一切破坏和掠夺的代名词。

她们就像是不定期的溃堤潮水，随时会毫无预警地淹没陆地，然后什么都不遗留地悄悄退去。

发现、来到、掠夺、离去，是这些不速之客的共同行程，就是悬崖断壁也无法阻挡她们伸出的指爪，沿岸的城市就像是孩童堆砌在海滩上的沙雕，在她们海潮般汹涌无情地吞噬、侵蚀下迅速土崩瓦解。

长久以来，我们称她们为"海洋游猎民"，她们是歌瓦(蜥蜴人)众多民族之中唯一选择返居海洋的。与生俱来的本能，使游猎民比其他智能物种更能适应海洋既残酷又仁慈的善变风貌；也比其他种族，包括她们陆地上的同类，更善用这份瞬息万变的不定性来开创未来。

她们天生是汪洋的子民，海洋是她们族类诞生的所在，也是她们迄今为止赖以维生的故乡。她们还在卵壳中时，海水给予她们温暖滋养，晴朗苍天孕育了她们的刚健质朴,这两者又同样赋予了她们深蓝色的忧郁灵魂。

或许对生存在陆地上的我们而言,"海上游牧民族"这个概念更容易理解。游牧民族骑着马儿逐水草而居,海洋游猎民则追随着洋流和鱼群的方向四海漂泊,同样的居无定所,也同样的迁徙不定。

海上游猎民也像陆上游牧民族一样依赖自然,她们的经济基础脆弱,兴衰幅度很大,因此在漫长的岁月中,游猎民始终忙着与生计搏斗,而不曾发明文字。

因此,有关她们的多数史料,多半倚靠陆上民族的文字从被侵略者的角度记载下来,其中难免掺杂了属于陆上民族的成见和误解,充斥着歧视成分。时至今日,沿海诸国的民众,只要提起千余年前的"蓝祸"③依旧心有余悸。波利比

----

③"蓝祸":苏媪历805年,一位崛起于极光之洋的游猎民,被极光之洋的所有游猎民部落推崇为共同的领袖后,展开了史无前例的征伐。被称为史上最伟大的征服者与最残酷的杀戮者的木里华汗,带领族人跨越了祖先们数千年不敢横越的海洋边界,勇敢游向其他大海与汪洋,企图统合该地的海洋游猎民族,创建世界上最庞大的国家。沿途凡遭遇沿海城市抵抗,便毫不留情地展开屠杀。

"蓝祸"是一个模糊的名词,它可以单指残忍的征服者木里华汗,也可以更广泛地指所有追随木里华汗的海洋游猎民。关于"蓝祸"这个名词的源起众说纷纭,有些学者认为此源自于木里华汗满身的蓝鳞片,也有另一派认为:沿海各国看见蓝色潮水,便想起游猎民族凶狠侵略的行径,因而以"蓝祸"称之,意为"随着海水而来的灾祸"。

维亚曾经苍翠的平原迄今仍寸草不生，整座沉没于巴洛提海底的提尔提丝大灯塔、南大陆沿岸的百座焦城残垣，至今还历历在目。每当踏上这些过去文明的残破碎片时，我总情不自禁地驻足，偶尔会拾起一块崩塌的神殿柱石，独自凭吊。

望着充斥焚灰的瓦砾堆，我心中也多少萌生出些疑问，当"蓝祸"席卷这些辉煌伟大的文明的时候，守军面对布满整个海面的游猎民大军，究竟在想些什么？做些什么？握剑的手指又是否颤抖个不停呢？

曾经有过一个时代，世上所有海岸线所代表的不仅是海洋与陆地的分界线，更是一个日不落帝国的疆界。海洋游猎民借着"蓝祸"推波助澜，给陆地带来了无止境的杀戮与破坏，同时也为这些暮气沉沉的文明注入一股野蛮的活力。鼎盛之时，她们建立了历史上空前的全球性帝国，在那些年代，海洋游猎民睥睨着全世界，对她们而言，大陆不再是大陆，仅仅是疆界中的岛屿。纵横古今，拥有如此壮志豪情的民族，也仅有海洋游猎民而已！

然而时代的轨迹总是混沌不明，又难以捉摸。

1400年后的今天，火铳更替了弓箭，柴油动力船舰取代了日渐减少的蛟龙族群，大型围网、拖网、延绳钓等现代化渔业改变了海洋游猎民的生命基调，更破坏了她们行之万年的传统生活。我很难过地发现，曾经昂首挺胸的游猎民，如今多半沦为强势财阀的手下，成为遭受陆地上层层剥削与迫害的劳动力阶层。

陆上国家凭借一纸不成文的国际惯例，无视原本便以海洋维生的游猎民族的权益，轻率地将辽阔公海划分为诸国领土的延伸地，列强莫不竞相剥削瓜分其中的宝贵资源。而没有国籍、也缺乏法律保障的海洋游猎民，自然而然地成为资本家掌中的禁脔，就像砧板上的鱼肉一样任凭宰割，即使遭受迫害亦申诉无门，只因所谓公正廉明的国际法庭，不过是强势陆地国家暗地操控的傀儡。国际法庭一再刻意地以"蓝祸"影射海洋游猎民，煽动广大群众歧视、排挤游猎民的意图昭然若揭。

我的朋友——具有游猎民族血统、任教于爱顿堡古典学院的知名文化学者毋纳忽图烈，于2195年获邀担任国际联盟"世界文化资产保护委员会"主席后，在其任期内积极推动多项强化游猎民权益的国际法案，几经波折，努力十多个寒暑后，终于在去年年底促使国际联盟大会通过《海洋游猎民自治权益保障法》，使游猎民享有等同国际籍贯的权利，并受国际公民法的保护。然而，就在海洋文化的保存好不容易露出一线曙光的时候，毋纳忽图烈却遭到激进分子的刺杀。幕后资本家只手遮天，包庇罪犯，凶手迄今仍逍遥法外。

因此，尽管保障法通过了，但却形同虚设。缺少了毋纳忽图烈的领导与协助，海洋游猎民不可避免地加速凋零。百余年陆地文化的无形侵略，使资本主义余毒不可避免地深植新一代海洋游猎民观念中，不仅侵蚀着她们纯朴的过去，也腐蚀着她们单纯尚武的灵魂，如今这个现象正快速地在海面上蔓延开来，也难怪当代史学家詹姆士曾感叹："游猎民已死！"

海洋游猎民的生活方式，她们的习俗、文化，正以非比寻常的速度消失，我悲观地以为，至少在本世纪中叶前，整个世界将亲眼目睹游猎民族文化的衰亡。有感于此，凭着一股鲁莽的狂妄赤诚，也想借此书追悼亡友毋纳忽图烈的奋斗牺牲，我把游猎民过去辉煌的故事写下来，并与各位分享。

　　有鉴于"蓝祸"之后，陆地各国对海洋游猎民根深蒂固的偏见，各国史料关于游猎民的记载，多半难以跳出一种陆地本位主义的戏谑式格局，这与我个人坚持"求真"的理念相违背，因此我将考证聚焦在"蓝祸"发生以前，那些偏见较不严重的历史纪录，以不带歧视色彩的观点来记述一个传奇故事，一个关于海洋游猎民的故事。

　　我也用这部作品，来纪念这个正消逝在涨潮退潮之间的民族。

2211 年春天　夏侯强　于北都共和

第一章
优格梭里

优格梭里,那是四弦琴之都,是吟游诗人的憧憬之地。我永远记得那里精致小巧的房舍,在石子铺的街道上玩耍嬉戏的孩童,穿梭于店铺摊贩间的旅客,以及河岸边迎风摇曳的灰白色芦苇。优格梭里,那并非我出生的地方,却是我茁壮成长的地方,在我的心中,那里就是我的故乡。

——《博尔兀回忆录》

第一节 / 破晓春风 /

天将大亮,破晓春色欣然渲染着湖畔。清风掠过几簇草堆,叶子上的霜露禁不住枝叶摇曳,落下时又偶尔与抖动的叶面交错,在这个宁静的清晨掀起几许轻柔的窸窣声。

风声陪衬着,枝头终于绽放出第一声吱喳,紧跟着是第二声、第三声,不多时,鸟鸣声已然缤纷交织着。包裹着厚厚冬羽的麻雀,忙碌地埋头竞相啄食满地籽实,那冬羽将整只麻雀裹得圆嘟嘟毛茸茸的,很是可爱。

博尔兀听见鸟鸣,伸了个懒腰,打着呵欠从毛毡上缓缓而起。昨夜气温稍低了些,却也十分适宜睡觉。她俯身趴在床褥上,随意挖几丛稻草揣在身旁保暖,然后便朦朦胧胧失去了知觉,慢慢坠入无垠静谧的梦乡。

这一觉十分香甜,一睁眼,瞥见窗缝洒入稀疏的曙光,她便知道,天要亮了。

她走几步到火炉旁添些柴,暖和身子以后,打着哆嗦走出石砌矮屋,沿着通道来到冰窖里,抓上两大片兔肉,挖上一小瓢穗麦,然后上下齿打着战走回屋内。她急忙把十指凑近火堆,直到身子逐渐暖和起来,才拿起两根铜签穿在兔肉上,放在火边烤着。

然后,博尔兀从杂乱的石台上拾起不知几天没收拾的小杵臼,把穗麦捣碎。这时她才发现,刚刚忘记取水了!她深吸一口气,飞快奔出屋子,舀了一瓢水再跑回屋内,脚步的起伏震动让瓢里的水溢出了大半,也差点让她栽了个筋斗,一长串的水痕于是就沿着她的足迹来到火炉旁。

穗麦粥煮开的时候,兔肉也烤得差不多了,屋内顿时香气四溢,香甜的穗麦夹杂着兔肉的香味,让博尔兀的肚子一下子就饿了起来。

这时一阵粗鲁干涩的嗓音传来，竹帘被掀了开来。来者见到两片烤兔肉和热腾腾的穗麦粥，立马竖着棘鳞飞奔过来，开口说道：

"啊！原来你已经煮好早餐了，那俺就不客气了！"

布满墨绿色鳞片的手将兔肉硬生生扯了过去，放入口中大声咀嚼着，还大声赞叹着兔肉的美味，完全无视正蹲坐在火炉旁的博尔兀那瞪大的眼珠。

"你……鱿勒……你……"

博尔兀咬着一排锐牙，恨恨地望着鱿勒，然后无可奈何地坐了下来。

算了，反正她已经习惯了。她认命似的走出石屋，再度与寒冷搏斗。等她再拿着三块兔肉和更多的穗麦走回屋内时，鱿勒正好咽下最后一口穗麦粥，心满意足地朝着博尔兀赞叹道：

"啊！这兔肉香喷喷的，好吃得紧！滚烫烫的穗麦粥一进肚，整个身子从头到尾都暖了起来。好久没吃到热的早餐了，不错不错！每次回来，你都会弄些好吃的野味来孝敬我，果然不负我辛苦劳累养你十五年！"

说着，她长长的粗尾巴还不住上下左右摇摆着，尾巴上墨绿色与黑色鳞片相间，让它依稀呈现几条黑色斑纹。

"是，感谢你多年来的照顾，要是没有你鱿勒照顾我的话，这世上早就没有博尔兀这个歌瓦啰。"博尔兀没好气地兀自磨着穗麦，胸中还充斥着早餐被夺的余恨，口里不忘说些淘气话反讽鱿勒。

那的确是事实，是鱿勒辛辛苦苦把她从刚孵出来养到这么大的，对博尔兀而言，即使没有血缘关系，鱿勒也是她唯一的亲属，亦母亦友。

等待着第二份早餐煮熟的闲暇，博尔兀伸爪抠着下颌，享受着痛楚与惬意交错的感觉，每每指爪刮过那片细鳞，便觉一阵舒爽。那里昨晚被蚊子叮了，痒痛得很是难受。

无意间被金属反射的寒光惊醒，博尔兀不由得张大瞳孔，下眼皮也眨了好几下，她注意到鱿勒身上竟穿着金属制的盔甲。

"又要出远门了？不是昨天才刚回来吗？这次的雇主来自哪里？是南方的卡鲁斯，还是西边的菲地瑞克？不先好好地休息一阵子吗？"博尔兀好奇心一起，问了一连串的问题。

鱿勒一听，不禁大笑起来。

"什么时候你也变得如此思维敏捷了？看来，花钱让你去读书写字还是有点用的呢！不过，你猜错了，我不出远门，只是要去办件事情，所以得体面些。"

"什么事情呀？"博尔兀不禁好奇地问，"该不会跟你房间里的那口旧箱子有关吧？"

鱿勒偏着那颗镶满绿鳞的脑袋，颌颈上象牙白色的短鬣棘竖起来又放下去，半晌才开口道："你的岁数也足够大了，应该可以跟你说了，不过可惜，现在还不是时候。"

鱿勒摆手朗声回答，语气明快而斩钉截铁。依据长久以来的经验，博尔兀知道，只要是鱿勒不愿意说的事情，不论用什么方法、耗费多少心血，都没办法从她口里得到片言只语,当下只能悻悻然地答应:"哦。"

"那么,我要出去了,今晚不会回来,不用给我煮晚餐了。你可要记得去镇上读书啊,可别白白浪费了我辛苦杀敌赚的血汗钱哪!"鱿勒站起身准备出门。

"哼!那些又臭又长的文字有什么好读的?我又不是王宫贵族或是大嬷嬷[①],不论是我们的歌瓦文还是人类的拼音语,学了也不知道能做啥,倒不如跟你一样去当佣兵,弄些贵重战利品回来,多少还能有些出息。"博尔兀情不自禁地反驳着。

每年冬天,是惯例性的休战期,鱿勒没仗可打,因此博尔兀几乎每天都被鱿勒押着,和永无止境的蝌蚪符号搏斗,从早到晚被弄得昏昏沉沉。不过几年下来,也学得歌瓦和人类共三种文字[②]的书写方法,走到市场上也能够看懂招牌和羊皮上写的是什么玩意。

"想要当佣兵?等你长大再说吧!"鱿勒兴致盎然地看着博尔兀,"你的胳膊

---

①大嬷嬷:居住在优格梭里一带的歌瓦(蜥蜴人)对于年龄超过八十岁以上的祖母级雌性长辈的尊称;而较狭义的使用方法,则专指瓦尔大陆西北部各地歌瓦部落的最高掌权者。

②博尔兀所学习的三种语言分别为:

  a.瓦尔大陆中北部各种族通用的拼音语"卡特拉语",又称为通用语。

  b.优格梭里以北至波卡境内一带,歌瓦族群使用的象形文字"蝌蚪文"。

  c.优格梭里以南歌瓦所使用的"简体文",属于蝌蚪文的衍生类型。

还不够壮,还是先把读书写字学会了再说吧。"

"我已经十五岁了,还不够大吗?你瞧我几乎同你一般高了!"

鱿勒听到这句话,笑着挥手说:"哈哈,不算,不算。在你不会产卵、孵小蜥之前都不算。你还是乖乖去读书吧!要不,就趁机找个俊俏的雄蜥。有些事情,等你学会了写文章再说吧。"说罢,鱿勒便扛着两柄战锤走出石屋。

"写字……可恶!"

才刚跨出石屋没多久,鱿勒又走了回来,将眼窝靠在门旁石缝上仔细叮咛:"还有,虽然我回来了,但那口箱子可千万不要打开。"

"反正我也打不开。"看来,博尔兀早就试过了。

她慵懒地回答着,正眼也不瞧鱿勒,拿起那三片烤兔肉便咬了下去,肚子和心灵同时感到一阵暖流。她右手拿钵盛着粥,眼角不自觉地往门口方向看去。

博尔兀只能望见鱿勒远远离去的背影。鱿勒颅后长着几根象牙白色的短鬣棘,宽阔厚实的身体挂着两面铁胸甲,左肩悬着一面盾,右方则是寻常铁肩甲,拖在地上的长尾巴末端捆套着一只钉头球[3],据说回旋起来能打碎几颗脑

---

[3]歌瓦的长尾巴挥动起来威力十足,因而在武器发展上衍生出一套特殊的尾部武器系统,将斧、锤等武器装在长尾末端,能产生所向披靡的威力,因而重装的歌瓦通常会配备尾部武器。

袋瓜子。那是一个身经百战、值得信赖的英雌。

随着年岁增长,博尔兀隐约感觉到,鱿勒的言行举止、气度都不像一个佣兵,她紧密的口风、恰然率直的独特个性、高超的武艺,甚至就连她养育自己十五年,也是一件不寻常的事。

鱿勒曾说,自己和她都来自宽广无际的海洋。在她的描述中,海洋是一个到处都是咸水的地方,比博尔兀平时游泳的湖泊大百万倍。博尔兀从未见过海,自然只能凭空想象。

而那只神秘的箱子,里头装的东西或许跟海洋有关吧。博尔兀这么想。她还是个小蜥的时候,曾经有几回,见过鱿勒独自喝个酩酊大醉后,会举杯对那口铁箱致意,口中喃喃念着一连串陌生的名字,语气慷慨激昂,神情激动,直到最后沉沉昏睡过去……

每次鱿勒到外地当佣兵,一定携带那只小铁箱同行。在博尔兀的认知中,小铁箱就像宝箱,充满神秘感。

鱿勒平举着尾巴,偶尔兴奋地稍微晃动几下,足见她是满心雀跃地出门。泥泞小径的尽头伫立着几棵树,一只白头翁立在枝头鸣唱着,见到另一只白头翁掠过后便跟着飞走,留下空空振动的枝条。等博尔兀回过神,鱿勒的身影已经消失在树林里了。

博尔兀搔搔脸颊,把兔肉和穗麦粥囫囵咽下肚,霎时便觉得浑身充满了热量。恰巧这时天大亮了,她便欣然享受着这难得的和煦日晒,差点便又舒服地睡着。然后她突然发现,该到城里去学写字、读书了。

读书的人很少,就是优格梭里城那些有钱的人类贵族也不见得识字,而会写字的歌瓦(蜥蜴人)就更少了。碰巧,博尔兀就是那少之又少中的一个。更巧的是,教她读书的也是个歌瓦学者,据说还特别受伯爵倚重。鱿勒也是打听了好久,才花大把银币让博尔兀去读书的。

可惜博尔兀就是对读书不感兴趣,总弄得那位名叫红头鲶的学者大为光火。他头上的红鳞竖立着,片片泛着怒意,就连颅颈上的鬣棘也高高耸立着,抖动不已。

一如往昔,博尔兀再度背负着恶狠狠的斥责离开学者的住处,她关上门,挡住那源源不绝的咒骂声。

不过她倒是对城里的石砌街道颇感兴趣,她喜欢在漫天细雨的春季举着长尾踏在石板路面上,尤其是衔接拱桥的那段。走上拱桥,望着悠闲流过的河水,心中很是惬意!曾经有那么一两次,她纵身跃入河中,沿着优格梭里蜿蜒复杂的河道畅游,游出城后再顺着涅伯河的水漂上好一段路,最后再攀上河岸,走一小段路回家。

"鱿勒今天不是去应征佣兵,那么她穿着整套盔甲,到底要跟什么朋友见面呢?"

博尔兀穿梭在熙熙攘攘的人群中,脑中思索着鱿勒今日与朋友会面的不寻常装束，不知不觉已经走出优格梭里。这时对面一阵尘土飞扬，叮叮当当的金属撞击声不绝于耳，伴随着马蹄声往这里奔驰而来。

几个人类骑着马跑在前面，而后是一个身份较为高贵的骑士，最后则是一辆马车。前面几个随从头戴铁盔，手提长矛，神情鄙夷地望向博尔兀，张口叫道："让路，子爵大人要通过！"

这些随从的神情不可一世，仿佛自己就是子爵本人一般。博尔兀感到微微恼怒，不论是歌瓦还是人类，她就是看不惯这种家伙。

她想起学者教她的一句人类俚语，叫什么狐假……狐假什么的……"狐假虎威！还有……狗眼看人低！"博尔兀情不自禁地脱口而出，她正暗自得意于自己的卡特拉语造诣时，猛然发现随从正对自己怒目而视。

博尔兀也毫不退让，睁大紫色双眼瞪回去，头顶上的鬣棘咔嗒咔嗒不住颤动，披满骨板硬鳞的尾巴静悄悄地平举着。要打架，谁怕谁？

这一瞪可将随从的气势比了下去。随从不甘示弱地将手掌移到腰间，眼见就要拔出兵刃，这时随从后方突然传来博尔兀熟悉的声音。

"住手，比利！她是我的朋友。"

后方的重装骑士策马上前，他披挂五彩斑斓的全身盔甲，头盔顶上装饰着一只华丽无比的杯状雕饰，盾面上交错绘着深蓝、白、红几何色块，衬托着中央的杯状雕饰，就连他胯下的战马也披着一袭鲜艳马袍，耀武扬威地显出一副家财万贯的模样。

博尔兀看到那杯状雕饰沉甸甸的,跟下方的头盔相当大小,不由得暗自怀疑:这头盔一定很重!穿成这样能打仗吗?

头盔的主人费了好一番工夫才将头盔拿下来,再把锁子甲撩到脑勺后面,这时博尔兀才认出了他的脸孔。

"南敦培特,是你?没想到你竟是人类的贵族骑士!"

"什么贵族骑士?这位可是鼎鼎大名的葡萄藤堡伯爵的长子,约翰走路子爵啊!你这粗鲁的蜥蜴女懂不懂礼貌啊?"一旁的随从显然余怒未消,还不忘借主子的名号炫耀一番,果然是名副其实的狐假虎威。

博尔兀又不怀好意地望了他一眼,这时却听得南敦培特厉声呵斥:"比利!你退下!"那名随从才不情愿地掉转马头。

南敦培特转过头来,对博尔兀说道:"抱歉!家父太纵容这些狐假虎威的随从了。"

"不用抱歉了,没关系的。"博尔兀咧嘴笑了笑,听到"狐假虎威"四个字从南敦培特嘴里说出来,她的怒意便已消去一半,只差没有偷笑出来而已。

在学者红头鲶那里读书的时候,每年总有几个月,会有一名年轻人乘着马车到此跟红头鲶学习,直到秋天才再搭上马车北返。他学习时可不像博尔兀这样敷衍了事,而是专心致志、一丝不苟、努力不懈。

"要是你有南敦培特百分之一的努力就好了!"红头鲶总是这么教训博尔兀。没想到,南敦培特在人类中竟然是一名贵族,博尔兀不太明了"伯爵"、"子爵"这些词的含义，却从随从的话语中隐约感到这两个封衔的高贵。

"好久不见啦！你今年提早来到优格梭里，看起来好像不是要学写字呢。瞧你一身威武的打扮，该不会是要去打仗吧？"

"哈哈！博尔兀你猜对了也猜错了，我的确不是来跟红头鲶老师学习的，不过，我也不是要去打仗的。"

"那么，你穿这么一身盔甲要去做什么？"

"你不知道吗？维第曼伯爵在优格梭里举办骑士的长枪比武呢！我刚刚取得正式骑士的任命状，想借机崭露头角。怎么样，要不要顺道过去看看？"

"长枪比武？"博尔兀歪着脑袋思考，她听过这玩意儿，却不知道那到底是什么。对人类，尤其是那些贵族和大城市的生活，她不是很有兴趣。

"长枪比武是我们人类贵族举办的一种竞技比赛，主要是拥有爵士以上封衔的贵族骑士参加，每年不定期在各地举办……我这么说你可能还是很模糊。不如这样吧，你跟我一起去会场实际体验一下就知道了。如何？"

博尔兀偏着蜥蜴脑袋问道："除了长枪比试之外，我还能看到什么其他有趣的玩意儿吗？"

"那当然，博尔兀，世界上的所有种族，你全都见过了吗？"

"所有种族啊……"博尔兀抠着下颌的细鳞片，思索道，"五个智慧物种之中，咱们歌瓦和人类平日便居住在一起，这个自然不用说；其他三个稀少种族，我偶尔能见到天上飞翔的鸟人，但却从没有靠近看过……"

"所以啰,这次参加比武会的那些大贵族,总会有一两个人雇用鸟人当信差,你总有机会看个一清二楚的。"南敦培特接着说道,"倘使不是凌空的鸟人,我们又怎能知道这世界是圆的呢?我觉得你该认识几位鸟人,他们特殊的生活哲学很有趣的。"

博尔兀点点头,继续说道:"嗯,除了鸟人以外,城里就有两家店铺跟蓝皮肤、双瞳孔的多兰商旅批货,我也见过几回,他们冷静理智的双瞳孔眼珠给我留下很深的印象呢。"

"惹人嫌的多兰你也见过啊……"南敦培特有些诧异,但仍然微笑着问,"那么,你总该没见过贝希摩吧?"

"贝希摩?长着雷兽角的强壮种族?我还以为他们只是传说呢!"

"不,贝希摩的确存在,只不过数量十分稀少罢了。他们的勇猛不是人类能够招架的,因此他们只要进入军队,往往位列将官,或者成为王宫贵族的贴身护卫。"

"南敦培特,你的意思是……"

"没错,倘使哪个公爵或国王莅临这次的长枪比武,说不定你就能见到全副武装的贝希摩随侍在侧。怎么样?这样你总愿意一起来看了吧?"南敦培特笑道。

"亲爱的,你在同谁说话呀?"

这时南敦培特后方的马车上,一位女士揭开窗帘隔着薄纱望向博尔兀。那个人类女子留着一头金发，拥有一对碧蓝色眼睛。她看见博尔兀时，眼里稍稍露出讶异神色，不过随即恢复微笑。以人类眼光看来，她应该很漂亮吧？博尔兀不明白自己和人类的眼光是否相同，不过她对那女子颇有好感。

"哦！艾瑟琳，这就是我常跟你提起的、居住在优格梭里近郊的雌歌瓦，博尔兀。"南敦培特又转头向博尔兀介绍，"这是我的未婚妻，住在格里城的维里塔尼亚选侯的女儿，艾瑟琳郡主。"

女子又对博尔兀微微一笑，便放下窗帘不再过问。

"好！冲着目睹贝希摩的可能，我这就跟你去吧，南敦培特！"博尔兀回答。于是她便攀上了马车的前缘，坐在车夫身旁横出的围栏上，一路与那名随从没好气地互相瞪视，直到马车抵达长枪比武会场。

第二节 /骑士比武会/

长枪比武就在优格梭里西城墙边举行，一长列帐篷、栅栏沿着墙垣林立，每顶帐篷皆由不同花色的布料拼成，上面绘着各种色彩缤纷的徽记。南敦培特告诉博尔兀，每一顶帐篷都代表着一位参赛骑士。她放眼望去，城墙边最起码竖立着几百顶帐篷，想必这次参赛者为数众多。

南敦培特一行人沿着泥路穿梭在帐篷间，听着骑士们彼此较劲吆喝，仆从手提马具吆喝，最后他们选了处僻静角落扎营。博尔兀与那名随从仍然话不投机，她也不懂如何架设骑士用的帐篷，留在营地显得一无是处，于是她跟南敦培特打过招呼后,索性到赛场各处闲逛。

她见到几名骑士牵出战马来,有的骑上去驰骋飞奔,有些则聚在一起,对着战马品头论足。博尔兀依稀听到:"……尼格堡的缰绳勒得太紧了,容易让战马紧张,要是冲锋时战马受到惊吓,铁定会跌下马来……"

"……奎德爵士的那匹马很健壮,是匹好马,可惜他的枪法平平,上场要是碰上老手,恐怕很难得心应手……"话题全都围绕着长枪比武打转。

博尔兀看着这些战马,以及那些兴致盎然讨论着的骑士,心里不禁觉得,人类与马搭配得实在是天衣无缝。

马儿个性温驯,擅长奔驰,是理想的代步工具。正巧人类身后也没有一条长尾巴,体态又轻盈,跨坐在马上,既能保持平衡,又不会把马压垮。或许正因为这个因素,人类特别善待马,所以才能发展出"骑兵"这样的兵种吧!

博尔兀也曾经想骑上马看看,不过她很快便放弃了这个念头。马是否能承受自己的体重已是一大问题,再说自己一旦骑上马背,粗长的尾巴又该摆在哪里?如何保持平衡呢?

更关键的是,马天性不喜欢她的族类,就像石化蜥蜴[4]不信任人类一样,她

---

[4]石化蜥蜴:石化蜥蜴在分类学上隶属蜥形纲、有鳞目、巨蜥科、倍足属,全世界共计有五个种,是陆地歌瓦诸民族常见的兽力来源,一般用来耕作或拉车。

的祖先已经尝试了数千年,却从没有成功过,没有一匹马心甘情愿地让歌瓦骑在背上,正如石化蜥蜴从不肯听人类的话乖乖拉车一样。

正想着这些问题时,博尔兀的紫色虹膜中映出几个熟悉的身影,她惊喜地发现几个朋友正在距离城墙较远的比武会场里——优格梭里城边环绕着一大片草地,长枪比武的主要赛场便设置在此,与城墙平行排列着。

放眼望去,中央隆起的主持台插满旗帜,台上都是些王公贵族,两侧分别立着不少卫兵;再往两旁则是五层的观众席,显然优格梭里城内城外的居民——不论人类或歌瓦,都赶到这里来凑热闹。人潮把看台挤得水泄不通,博尔兀的几位朋友正坐在观众席上谈笑着。

要从博尔兀的位置走到对面的观众席,除了得走出骑士们的帐篷区之外,还得翻越一道矮围篱和五道高围篱,那五道高围篱也被装饰得五彩缤纷,约比肩高。当两位骑士比武时,他们从赛道两端骑着战马,手挺长枪互相冲击,这围篱便是为了避免骑士的战马相互撞击而设置。

场上已有骑士开始进行比试,于是博尔兀必须从赛场最外围绕过那五个赛道才能到达观众席。她推开观看的人潮,一面观看着骑士比武的过程一面走着。她看见骑士被刺下马,几片不牢固的盔甲零件掉落下来;还看见另外两名骑士的长枪在刺中对方后同时折断。场边观众兴奋的呼喊声此起彼伏,尤其是胜败分明的时候。

好不容易来到赛场最边缘,她向右方场内望去,两名骑士正要上场比武。

一名随从牵着战马来到围篱尽头，马屁股正巧对着博尔兀；另一名随从则把长枪直举着拿给马背上的骑士。那长枪约有两人高，前端八分之七的形状像个细长圆锥，尖端蒙着木栓冠，而细长的末端能让骑士握住夹在腋下。

黑白格子旗挥了下来，随从猛力拍马屁股，骑士脚踢马腹，蹄铁掀起一阵尘烟，向彼端加速而去。博尔兀转过头来继续走她的路，远处传来剧烈的撞击声，伴随着观众兴奋的怒吼，而后又传来金属撞击硬物的闷响，想必是又有人落马坠地了。

这时她左方的栅门打开，一名精心打扮的骑士策马走入会场。博尔兀仍在走她的路，直到这名骑士掀起面甲叫"博尔兀"她才回过头。

骑士的盔甲外罩着深蓝、白、红三色组成的布匹外甲，头盔上顶着沉重辉煌的金色杯饰，面甲下却是一对碧蓝色的眼珠——南敦培特正昂然凝视着赛场，一名随从把长枪扛在肩上跟在他身后。

"南敦培特，你不是还在扎营吗？怎么这么快就已经骑着马到这儿来了？莫非……你急着参赛不成？"

"正如你所料，博尔兀。"南敦培特笑道，"这次我们约翰走路家族一共有七名骑士参加比武竞技，我已经迫不及待地想要跟那几位素以优雅豪壮闻名的表兄弟们切磋枪法了。获取荣誉是吾等骑士唯一的希望，因此营地方面就交由随从们处理了……"

南敦培特身上的装扮十分气派，那是博尔兀见过的最精美的铠甲、最雄壮的马匹、最华丽的纹章雕饰。她觉得南敦培特好像也受到这盔甲的影响，说出口的话全都文绉绉的，博尔兀费了好些工夫才明白他的意思。

她抬起下巴指向看台，说道："我有些朋友正在看台上观赏，我这就去找他们，顺便看你大显身手！记得，我正期待着，你可别让我失望！"

"这是当然的。"南敦培特放下面甲的动作充满自信，面甲后传来沉闷的声音，"凭着在红头鲶老师门下的同窗情谊，预祝我的胜利吧！"

博尔兀听着令人心神震撼的蹄声远去。对面看台上的几个朋友见到博尔兀稻橙色的鳞片，兴奋地招手呼叫。她在喧嚣中勉强挤上木阶，长尾巴几次被疯狂伸出的拳头打到，最后总算挤入那群观众，与朋友们比肩而坐。

她的朋友包括了五个歌瓦和两个人类，一个短吻的褐鳞歌瓦问她："我们去找过你，没想到你早就来了。你的石屋内找不到半条蜥蜴尾巴，我还以为你又被鱿勒伯母押到红头鲶那里去念书了呢。"

"你其实猜对了一半，费柴，我是去了红头鲶那里没错，只不过啊……"

"只不过，又因为不认真而被赶出来了吗？你成天这样逃课可不行，枉费了鱿勒辛苦打仗帮你赚钱读书。"

尖细的嗓音从左侧传来，那是一个颈背竖着长棘的蓝鳞雄歌瓦，他的名字叫做青鲦，下颚垂着一块橘红色肉囊，琥珀色的眼珠闪烁着光芒。就博尔兀的眼光而言，他很好看。

"那，博尔兀，你今天又是怎么来到这儿的？"青鲦问。

"我被红头鲶赶出来之后,本来是要回家的,却在城门口碰到了一个在红头鲶那里一起学习的人类贵族……"博尔兀从看台上向赛场望去,发现南敦培特已经整装完毕,竖着长枪立在起点上,眼看就要展开他有生以来的第一场长枪比试……

"就是那个头盔上有个杯子装饰的骑士。对,就是那个骑士,马背上披着深蓝色和白色厚布的那一个,他要上场了,快看那里!"

博尔兀伸出指爪指着赛场内正中央赛道右侧一个打扮高雅的骑士,那伙朋友们的目光便被这场比赛所吸引,全都屏气凝神望着南敦培特。

嘹亮的号角响起振奋人心的乐声,千百道视线全都集中在黑白交错的棋盘格子旗上。

持旗者缓缓举起黑白格子旗,停顿,然后迅速挥落!

"驾!""喝呀!"两声叱咤以些微差距先后响起,随后是不断加速的马蹄声。

南敦培特的身子紧贴马背,右手坚定不移地挺直长枪,毫不犹豫地直指着对手的面甲。他的意志如此坚定,思维如此敏捷,行动如此果断,气势如此勇猛,长枪没有分毫偏差地指向对手。

全力冲刺! 冲刺! 既冲也刺!

交锋之际,他前倾着身体,弹开来袭的长枪,自己的枪尖却稳稳地钉在对方的面甲上。只僵持了一小段时间,然后南敦培特的长枪以击破长空的气势挺出,战马仿佛攀出泥泞般轻快奔过,而后是一声闷响,失败者落地,扬起一阵尘土。

观众爆发出疯狂的喝彩,南敦培特高举长枪向观众致意,享受着这份荣耀。他掀起面甲,斜举右手向主席台致敬,再次获得如雷般的掌声。

接着,南敦培特又将右手放在双唇上,亲吻手指,将飞吻向看台中央传了过去。只见一位金色发丝飘逸的女士端坐在席位上,双手捂住自己的嘴巴,试图压抑着欣喜,可惜绯红的双颊却不小心泄漏了她的心思。那是艾瑟琳,南敦培特的未婚妻,任谁都看得出,她的芳心早已被这个英勇挺拔的骑士掳走。

南敦培特来到看台前,从随从手上接过一束玫瑰,铁靴踏着木阶层层攀上主席台看台,趁着艾瑟琳双手捧着花束而无暇他顾的时候,他一把将她拥在怀里,献上殷切、诚挚的一吻。

看台上的观众仿佛感同身受,年轻骑士大胆示爱的行径显然很对这些平民们的胃口,他获得的不只是喝彩,还有年轻人俏皮的口哨以及姑娘们银铃般的笑声。

艾瑟琳从甜蜜的吻里醒过来,睁开眼,却见到千万人正疯狂地为他俩喝彩,不由得娇羞地别开脸蛋,眼里带着一丝微愠和半分蜜意,没好气但温柔地捶打着南敦培特的肩膀。博尔兀顿时领会了一句人类成语的精髓。

原来,"打情骂俏"就是这么一回事啊!

她望着南敦培特和艾瑟琳这对幸福的恋人,看着骑士将心爱的女人抱在怀里,心里突然产生了一些感触:人类,实在是一个奇妙的种族呀!

雄的人类比较高大强壮，大约只比自己稍微矮一点；而雌的人类虽长得娇小，但比起博尔兀的雄性歌瓦同胞，却又高了那么一些些。他们的社会也十分怪异，竟然是雄的人类拥有较高的地位。博尔兀暗自猜想，很可能是因为雌人类力气比不过雄人类吧，就像雄的歌瓦多半打不过自己一般，"尾巴粗的是老大"这句话，不论用在哪个种族似乎都说得通呢！

人类看待自己的方式很特别，他们喜欢把自己独立于其他生物，因此在他们的语言里，特别创造了"男"和"女"这两个专门用于区别性别的字眼，好像这么做，就能够跟动物的公、母、雄、雌区别开来，显现出自己族类的不凡之处。

"哎！博尔兀，你在发什么呆呀？你的那个骑士朋友已经离开啦，你的眼睛还一直盯着比武场傻笑什么？"

青鳞琥珀色的眼珠带着笑意，披满蓝鳞的爪拍着博尔兀的肩膀，淘气的话语打断了她的思绪："说，是看上席间的哪几个雄歌瓦了，还是心里想起谁来啦？老实招出来。"

"你猜错了，我只是突然觉得，人类实在是一个奇妙的种族呢！"

"人类有什么好神奇的？还不是就这个样子吗？"青鳞满脸狐疑地嚷嚷着，他的话引起人类朋友察理的注意，于是他凑过头来问道："什么什么？青鳞你们刚刚谈到什么？似乎颇为有趣，说来听听吧。"

"博尔兀刚刚说，你们人类是一个奇怪的种族！"

"我们有什么好奇怪的？"

"对嘛,察理,我也很好奇呢。"青鳞转过身,"博尔兀,你倒是说说看啊……博尔兀……"只见博尔兀眯着下眼皮,紫色眼眸透露出淡然笑意,似乎又沉入了思绪的漩涡中……

不论是公的还是母的……或许应该称为男人和女人,他们身上都没有鳞片,只有薄薄的、光滑的、被称作"皮肤"的东西,男人的皮肤很容易被爪子抓破,女人的皮肤更是吹弹可破。他们的五官都长在同一个平面上,非常平扁呆板,没有什么立体轮廓,更没有长在额间的第三只松果眼;此外他们的头顶上都披着长长的头发,头发的整理方法显示出一个人类在社会上的地位,比如说没有头发的男人会被其他人嘲笑和轻视,这就好像博尔兀的族类,如果颈背上的长棘折断了,也会被部落轻视一样。

"喂!你好歹也说明一下嘛,别光独自在那里想,说出来给我们听嘛。"青鳞聒噪的耳语又将博尔兀从沉思中唤醒。

"对呀,我们两个人类就坐在这里期待着你的高见呢,博尔兀。"察理也催促着,这个商人的孩子遗传了父亲的口才,说出口的话怎么听怎么顺耳。

一大群朋友全都靠拢过来,他们殷切的注视令博尔兀倍感压力,只好照着思绪脱口而出:"就是啊……我觉得人类生孩子的方式很特别,既不需要产卵,也不需要孵蛋,而且婴儿被生下来以后,女人可以用两个乳房喂奶,将小孩养大……"对于缺乏这些器官的博尔兀来说,这让她十分感兴趣。

"可从我们人类的角度来看,你们歌瓦生蛋也是一件很奇怪的事情呢!"察理说道,"我还记得,费柴家的小蜥弟要破壳而出的时候,我们许多人类小孩跑去围观呢。没错吧,费柴?"会思考的动物对于自身所缺乏的东西,往往怀着最大的好奇心。

"不对!要不是察理的记性不好,就是我家歌瓦太多以至于数不清了,那是我大姊生的第一只小雄蜥。"费柴伸出指爪抠着上唇边缘的鳞片,若有所思地说道,"我记得那时候她刚赘了第二个丈夫回来,这全都怪第一个丈夫好吃懒做,身体又不争气,之后啊……"费柴的话很快便被青鳉打断。

"对哦,人类也有爱情和婚姻,可是你们缔结婚姻的方式,多半是女人嫁到男人家去,帮他打点家务,还得帮他生孩子;不像雌的歌瓦娶个丈夫回来,生下小蜥之后,其余的事情都是丈夫做。真不公平!为什么我们雄歌瓦就得忍受这些不公平呢?当个雄人类真好啊!"

博尔兀看到青鳉头顶的长棘稍稍竖了起来,一副愤恨不平的模样,突然觉得他比平日里更加俊俏了。今天他的蓝色鳞片充满光泽,下颚的肉垂呈现好看的亮橘红色,娇小的身躯看起来纤瘦窈窕,一副惹人怜爱的小模样——其实,博尔兀知道根本不是那么回事,青鳉的强悍可是远近闻名哪!

直到从青鳉琥珀色的眼珠中发觉了自己的倒影,博尔兀才惊觉自己竟在无意间凝视着他。悸动就像条受惊吓的泥鳅在她的心房乱窜,有那么一瞬间,她的眼中就只剩下青鳉的影子。

关于爱情,人类与歌瓦倒是颇为相似,男女在交往上没有特定的模式,只要双方达成默契即可。不过,男人倾向于主动追求女人,南敦培特的行为称得上风流倜傥的典范;雄歌瓦也多半拥有主动追求雌歌瓦的冲动,不过他们的体格和力气远不及雌性强大,因此态度也就不如人类男性积极。

"你怎么不说话啦,青鳞?你刚刚不是才高喊着不公平,怎么突然间就静了下来呢?"费柴似乎没有察觉到方才博尔兀与青鳞眼神的交会,她觉得很奇怪,青鳞向来是不说完心中的抱怨决计不肯善罢甘休的呀!

"哦……没什么,只是……突然想到,长枪比武大会之外,似乎还有几项比赛,是不论种族和身份都可以参加的,我想到处去逛逛。"青鳞这次没有高声反驳,也没有理直气壮地跟费柴理论,他的神情显得有些慌乱,只得找个理由随便搪塞。只有博尔兀知道这个活泼好胜的雄歌瓦方寸大乱的原因。

"好啊,我也想去看呢!"费柴说,"骑士们的比武大概也只有这些花样了,不是把人刺下马去,就是被人刺下马去,看了一下午,我也有些腻了,想换个口味。"

一个邻村的朋友这时接口说:"听你们这么一说,我也有些厌烦了。博尔兀,你的那个骑士朋友真是大出风头,不仅初阵便打败了对手,而且连那金发女孩的芳心也一起俘获了。"

"是啊,依我看哪,他的那柄长枪啊,目标可相当单纯!"察理大声说着。

这个粗俗的玩笑恰如其分地引起周遭人类一阵大笑,博尔兀、费柴、青鳞这些歌瓦却听得一头雾水。

还有一点，人类也跟歌瓦没有太大差别：交配行为就大多数个体而言，是一项特殊而无法抵挡的享受，是一种生活的乐趣；即使交配并不一定依存于婚姻或爱情，即使交配很少是基于绵延血脉……后来，费柴抠着蜥蜴头颅上的鳞片，说道："那么走吧，去看看我们平民的比赛吧。我记得有射箭、棍棒格斗、剑术，还有什么来着？"

"赌注竞技场。"青鳞说。

"对，赌注竞技场，那个最有看头了！"费柴舔着嘴角的鳞片说道，"那是咱们这个郡唯一的合法决斗，已经好几年没办了。互相结仇的家伙们，还有那些赌徒、没事干的佣兵，大概都来了不少，应该有许多好戏可看。"

合法决斗，代表着公开允许的杀戮行为，在这个半开化、半沉沦的墨色时代，血腥对于群众仍具有巨大的吸引力。

"有很多佣兵参加的话，打起来应该很有看头。我们走吧。"博尔兀站起来，一听到决斗两个字，她的眼睛立刻就亮了起来。

"哈，博尔兀，鱿勒要是知道她花大把银币让你去读书，还不如几个逞凶斗狠的赌徒打架更能引起你的兴趣的话，肯定会很难过的。"青鳞半认真地开着玩笑。

"这……"博尔兀放弃反驳。青鳞脑袋瓜儿灵光，口齿伶俐，这伙朋友里没几个能辩得过他。看着青鳞昂然自得的模样，博尔兀不禁有些怀疑，方才自己看着他琥珀色眼珠的那一幕，到底是真的，还是自己的感觉出了岔子？

一路聊着,他们顺道观看了射箭、剑术等比赛,许多好手各显神通,不过人潮并不汹涌,因为,大部分观众不是去观赏骑士的长枪比武,便是被赌瘾和嗜血的本性给吸引到赌注竞技场去了。

第三节 /赌注与命运/

赌注竞技场与贵族骑士的长枪比武场被优格梭里的城墙转角区隔开来,其余的空间分别由射箭靶场、剑术会场和棍棒格斗场占据。

走入赌注竞技场,血腥味夹杂着酒精味扑鼻而来,博尔兀一行人掩住鼻孔。在郡主眼里,这里污秽卑下、藏污纳垢,充斥着盗匪游民,与其让他们闹事,不如让他们自相残杀算了。这如意算盘倒是打得挺好。

这里聚集着好事之徒,怀抱仇恨的、穷愁潦倒的、惹是生非的,全都来到赌注竞技场。这里允许决斗,允许以性命为赌注。也因赌注竞技场的存在,其他比赛场的秩序才得以维持得较好。优格梭里把竞技场当作吸纳污秽的海绵,借此把可能干扰骑士高贵比试的人巧妙地隔离出去——赌注竞技场在距离长枪比武场最远的地方。

竞技场是一片勉强称得上平坦的圆形空地,周围零散地竖着几根木桩,几捆麻绳敷衍地绕着木桩把场地围起来,有几条不牢固的绳子因为观众的攀爬早已垂到地上,成为该死的绊脚绳。

场地周围没有看台,有的只是光秃秃的一片沙地,更远的地方才堆着几座土窑。聚集在这里的人多半拿着酒瓶狂声吆喝着,为自己下注的那个竞技者打气加油;他们望着厮杀的竞技者,眼里浮现的却是亮闪闪的银币。竞技场周围挤得水泄不通,视线很难穿越人潮。于是博尔兀他们攀上土窑,居高临下,俯览全场。

博尔兀弯着爪指擦过鼻孔周遭,嗅了嗅:"这里的气氛很不一样。"她从空气里闻出不寻常的味道,很浮躁,却也很凝重,此外还夹杂着浓厚的腥膻血味。

"当然啰!来这里的人可不像长枪比武场那边的单纯,只是为了切磋武艺和获得荣誉,这里绝对找不到一个贵族骑士,但是,如果你要找酒鬼、偷盗者和佣兵,来这里却是再合适不过了。"青鳞低声恐吓道,"这儿不是善良人家的孩子该来的地方,如果怕了的话,就快点回家去吧!"

这句话才从青鳞嘴里说出,众人视线突然全都集中到他身后的竞技场内。博尔兀看见一个人手提匕首,趁对手一时大意绕到他身后,瞬间就要割破他的喉咙,刀刃在颈子上抹出一道血痕。

"啊……我认输!认输!"

那人显然被逼急了,慌忙纵声大喊,对手这才撤下匕首。观众里同时响起了振奋与失落两种声调,有的人发了狂似的跳起来抱头狂笑,有个歌瓦则愤怒地将手中的酒瓶掷在地上,大声咒骂着连串粗话:"爹爹个熊!又输个精光,这下怎么参加往北寻找独角兽的探险?去他爹爹的蠢人类!"

尔后陆续又有几场决斗,最后,一个身躯庞大壮硕的红鳞雌歌瓦手拿着盾与刀上场。场内原本的人类卫冕者很快被红鳞歌瓦砍下头颅,引起全场一片哗然。新的挑战者在断了右臂后晕厥过去,随后的挑战者拿着一柄沉重的巨剑上场,却被那红鳞歌瓦的盾撞得脱手飞出后俯首认输。之后有好一阵子都没有挑战者上场,裁判在场内不断征询着有谁愿意上场。

"这个红鳞片的雌歌瓦好凶猛,下杀手不眨眼的,说不定是哪里的佣兵头子来这里讨些小钱,顺便熟悉一下血腥的感觉,以免不打仗时武艺生疏了。"博尔兀见到满地血渍,有感而发。

"我赞同!她实在是太强了!要是我身上有几枚铜币,一定把赌金都押在她身上。"费柴附和说。

"嘿!像你这样子想可是赢不了钱的。"青鳉插嘴道,"大家一定都押注在赢面较大的家伙身上,这么一来即使赢了,赚回来的也没比砸下去的多多少,倒不如押在希望渺茫的挑战者身上。"

"他们好像可以带开刃的武器上场?"博尔兀看着场内问道。她好像没有听到他俩的争论,这么一问很自然地吸引了伙伴们的注意力。

"嗯,听说只要决斗双方都同意,赌注竞技场允许携带任何武器出战,也允许杀死对手,正因为如此,这里的竞技才有看头哪!"费柴答道,"你住在城外,所以对这些不熟悉,我小时候就看过两次了,而且啊……"

正当费柴准备展开滔滔不绝的炫耀演说时,一位挑战者踏进了竞技场。博尔兀一瞥见这个身影,当下条件反射似的拉起邻座察理的衣角,掩住自己的面孔,然后借由衣角掩护,试图爬下土窑。

"怎么啦,博尔兀?你天不怕地不怕的,这会儿怎么好像突然看见骷髅头一样?是在躲谁吗?"

博尔兀听见青鳞的话,下眼皮不禁微闭着眨了一下,这副表情看在人类眼中,就好像在皱眉头一般。博尔兀露出焦虑的神色,又眨了眨下眼皮示意青鳞住口,再将脑袋一晃,以吻端指着竞技场内。青鳞顺势看去,发现那名应声而出的挑战者,竟然是鱿勒。

是的,是鱿勒。她身披铁甲,抢着两把战锤踏入泥泞的场地,颌后几根象牙白色的短鬣棘,在墨绿色鳞片和铁甲的映衬下,更显得光洁明亮。她的尾部末端装置着一颗沉重的钉头球,长尾巴却没有因此而丧气地垂下来⑤。

鱿勒茶色的眼珠子向右斜,轻瞄了对手一眼,嘴角微微泛着笑意,几颗锐利的牙从唇下露出。青鳞替博尔兀感到一阵心惊,不过他觉得鱿勒并没有注意到他们这一群人。

"勇敢应征的歌瓦战士啊,报上你的名字吧。"裁判望着鱿勒,脸上有着玩味的神情:眼前这个战士有种说不出的沉着。

"我是流浪各处的佣兵鱿勒。"鱿勒从容不迫地报上名号,目光却始终注视

---

⑤尾巴在歌瓦文明中是生殖力与地位的象征,尾巴越长、行走时尾巴举得越高的雌性歌瓦,越容易受到雄性歌瓦的青睐,因此也往往能赘入好几个丈夫。

着对面的敌人。

鱿勒比普通男人高半个脑袋瓜子,那红鳞片歌瓦却比她高出一整个脑袋瓜,身材也粗壮许多。她左手的大刀沾满血迹,眼睛不怀好意却又鄙夷地看着鱿勒,咧着嘴露出一排脏黄尖牙,就像在窃笑对手不自量力。

"就凭你?"红鳞歌瓦语气带着轻视,"想想前面那三个人的下场吧!现在夹着尾巴逃跑的话,虽然就像石龙子自割尾巴逃命一样懦弱,却总比丢掉性命好些。"她走上前,阳光照在她的身躯上,黑色的影子几乎将鱿勒整个淹没。

土窑上的博尔兀这时都暗自替鱿勒感到不妙,那个红鳞歌瓦的气势逼人,连博尔兀看了都有些畏惧。周围的赌客开始窃窃私语,这次的赌注是:鱿勒到底能够撑过几个回合?他们似乎很笃定,这个红鳞歌瓦能够再胜第四场。

不过鱿勒丝毫没有受到影响,她眨着眼直视对手,眼里却没有惧意,低声笑道:"我见过你。"

"什么?"红鳞歌瓦没有听清楚,低头凑近鱿勒,这时才发觉上了敌人的当,头低下的那一瞬间,方才雷霆万钧的气势全都消失无踪,她的眼里不禁闪过一丝怒意。

"我见过你,"鱿勒仍是说,"你也是个佣兵。我去年在萨龙森顿堡的战役中⑥见过你,你那时是劳尚侯爵麾下的雇佣兵,我则在格那尔公爵的部队当指挥,我们还一起强攻过萨龙森顿堡。"

红鳞歌瓦也回忆起这么一档子事:"好!就当作对昔日同僚的敬意,我火龙眼蛊那不会让你输得太难看。你放心。"这句话一说出口,红鳞歌瓦的霸气又全都回来了,她试图以语言扰乱鱿勒的心绪。

"我没猜错的话,你是从海上来的。"鱿勒显然不吃这一套,继续说她的话。

"你怎么知道的?"火龙眼蛊那这时倒有些吃惊了。

"你对天候的知识掌握得极佳,那不是陆上歌瓦能做到的;你是歌瓦佣兵,尾巴却不挂武器,那是游猎民的战斗特色。"鱿勒继续说道,"我甚至知道你在追寻什么以及你主上的名字,赤瑁部的大个儿。"

"你会知道我在追寻什么?哈哈,这实在是太好笑了,我不过是个来自海洋的佣兵而已哪!哈哈……我会想追寻什么?"火龙眼蛊那一阵狂笑。

"你的名号火龙眼,来自于你出身的世族,自从十五年前巨鲸折角的那一夜开始,整个汪洋上都知道,有'火龙眼'这个姓氏,就代表着背盟者的污名!"

火龙眼蛊那橙黄的双眼里闪过一丝怒气,不过她终究压了下来,大声狂笑道:"既然你知道这事儿,很显然就是当年侥幸穿过网目逃脱的杂鱼!"

---

⑥依据史学权威佛·莱卡所著《十七选侯国编年史》记载,苏嫣历 775 年,维利亚选侯亚勒四世去世,当时拥有爵位继承权的两股势力曾在萨龙森顿堡对峙,势力互有消长达一个夏季之久。鱿勒与火龙眼蛊那都参与了这场战役。

面对露骨的耻笑，鱿勒丝毫不以为意，反而平静地眨着茶色的眼珠，从盔甲缝隙里掏出两个小物件，扔在红鳞歌瓦的脚爪跟前。

火龙眼蛊那低下头，发现是两只被割下的鬣棘，形态各异。她橙黄的双眼顿时一瞪。

"你……"

"赤瑂部的大个儿，你主子交给你办的事，碰到了我鱿勒，恐怕是办不成了！"

"是吗？"火龙眼蛊那咬着牙，颅颈上的短棘竖着，笑道，"我怎么反而觉得你就像脱了身的鲣鱼又来自投罗网？放心吧，我会留活口的，毕竟……我得从你口里挤出点消息。"

"不，你搞错了，我今天来此就是等着你。不用装傻，你知道得太多了，太危险了，所以我必须杀死你。"鱿勒冷冷地说着，眼睛却瞪着火龙眼蛊那。

火龙眼蛊那狂傲的笑声突然停止，她瞪大双眼，咬着狰狞的满口黄牙，气愤地说道："那就来啊！"说罢便举着大刀冲上去。

不等裁判号令，两位歌瓦便已经展开决战。火龙眼蛊那大吼一声，挟着怒吼余威猛然一记大砍，鱿勒拿着战锤抵挡，但剧烈的撞击还是让她跌倒在地。火龙眼蛊那趁势展开一轮猛攻，用尽蛮力挥舞着大刀向鱿勒袭去。

鱿勒领教过大刀的威力，便不再以战锤抵挡，而是迅速地左躲右闪，勉强避过了千钧之险的攻势。有一回，大刀就从她头顶上扫过，还削断了几根象牙白色的鬣棘。

"这……鱿勒的处境似乎不太妙,会不会有危险?"青鳉关切地问道。博尔兀也有些担忧,却仍然回答:"别担心,我对鱿勒有信心。"

火龙眼蚩那的攻势稍有迟缓,便被鱿勒找到空隙,她挥舞着两柄战锤,回身卷起旋风。火龙眼蚩那见两柄战锤来势甚疾,连忙举盾阻挡,却经受不住战锤的余威,踉跄退了几步。

鱿勒停下动作,待火龙眼蚩那站定,她冷冷笑道:"你必须死。"随后便又抡起战锤,脚踏着地面,作为连串旋转轴心,上半身划着有节律的轨迹向前旋转,好似跳着三节拍的舞蹈一般,立即又发起连番的锤击,弄得火龙眼蚩那几乎站不住脚。

两柄战锤一前一后发动攻势,第一锤才刚落到眼前,第二锤便已经迫在眉睫,紧接其后的是不协调的空白,跟着鱿勒长尾巴顶端的铁球便以雷霆万钧之势横扫而来,震波当场使火龙眼蚩那踉跄地倒退几步,鱿勒趁此空隙再旋起脚步一个回身,借由回旋再次施展这两锤一尾的快攻。几番锤击下来,鱿勒几乎要把火龙眼蚩那的盾牌敲个粉碎。

尽管连番后退,但火龙眼蚩那的嘴角却突然闪过一丝冷笑,她看穿了鱿勒的招式,等待着鱿勒又一次旋转身体。两颗锤头还没撞上来,火龙眼蚩那自己便先举着盾向鱿勒猛然撞去。

"遭了,鱿勒这招被看穿了!"看台上的博尔兀不禁心头一凛。

鱿勒的旋风般的两锤威力虽大,但却要接触到火龙眼蚩那的盾牌才能发挥威力,火龙眼蚩那只需要在此之前用盾牌将鱿勒撞倒,接着一刀就能把鱿勒的脑袋瓜子劈成两半。

火龙眼蚩那的确洞悉了敌方招式的弱点,只要撞倒鱿勒,她便胜券在握了!她猛然推出盾,但除了空气之外却没有接触到任何东西,预期的、熟悉的强烈撞击根本没有发生。

相反,她因这一击用力过猛而失去了平衡,整个身子止不住地往前倾。原来鱿勒巧妙地蹲下身躯,不仅闪过了攻势,长尾和铁球还顺势往火龙眼蚩那的足胫上猛然击下。只听得清脆响亮的"咔嚓"声,火龙眼蚩那的双腿齐声折断,失去支撑的沉重身躯轰然倒了下来。

全场观众尚未从这突如其来的转折中清醒过来,鱿勒已继续她的回旋之舞,长尾巴铆足了劲在空中绕行一圈,末端沉重的铁球甩出了粗暴的弧线,重重地砸在火龙眼蚩那的脑袋瓜子上。

血肉横飞,溅得鱿勒浑身上下一片血红。火龙眼蚩那的头部轮廓早已模糊不清,长尾巴还在无意识地抽搐,全场观众仿佛达成默契似的,呼吸声都在那一刹那停止了。博尔兀见到血花飞溅,在火龙眼蚩那周围凝聚成一摊泥泞赤沼。

"智者使用同样的招数,绝不是因为技穷的关系。"鱿勒面对亡者叹道,"英雌能屈能伸,石龙子自断尾巴,并非由于怯懦,而是为了求生。无法领略敌人的可怕便贸然挑战,就像蟾蜍妄想吞食夜鹗。也难怪,杀你这么容易。"而后,她平静地跨过绊脚绳似的围绳,走下竞技场。

观战的赌客们个个目瞪口呆,结局来得太快、太突然,以至于他们根本来不及作出适当的反应。望着鱿勒就这么走到土窑前方,四周围观的人不知是胆怯还是惊讶,全都不由自主地向后退开,毕竟鱿勒尾端的那颗铁球还滴着火龙眼蛊那的血。

只听到鱿勒微笑着喊道:"该回家了,博尔兀。"

青鳉这时才发现,鱿勒战前轻描淡写地扫了一眼,却早已将大伙儿的身影尽收眼底,没一个能逃得掉。

博尔兀顿时醒悟:"鱿勒这一战,分明在教导我什么。"她只得尴尬起身,在众目睽睽下攀下土窑。四面八方纷纷投来好奇的目光,想一探究竟,看看是谁认识这个沉着利落的佣兵。

博尔兀匆忙向青鳉、费柴等伙伴道别,亦步亦趋地跟在鱿勒身后。回到河畔的石屋时,天色早暗沉下来,满天星斗闪烁个不停……

四分之一的月光沿着阶梯从周围地面斜照下来,将鱿勒家的庭院照得皎洁无瑕,石桌上放着一瓶沙加果酒和两只爵杯。歌瓦喜欢把居处挖成一片盆地,再从中央筑起高台盖石屋,四处垂直凹陷的土壤再堆砖砌上,便成为几堵墙垣,从这低陷的庭院中仰望星斗和明月,很是特别。

"时候虽然还不到,不过我想应该差不多了。"鱿勒将酒一饮而尽,茶色眼睛殷切地凝视着博尔兀,"今天的事情你都看到了,那个火龙眼蚩那跟你我一样,来自海洋。"

"海洋?"博尔兀猛然察觉,她探寻已久的身世之谜,很可能就在今晚有了答案。

"没错,海洋。"鱿勒抬头望着苍天。是夜,星空灿烂,十五年前那个凄楚的夜也是如此。熊熊燃烧着的甲板,哀嚎的族民,过去种种清晰地浮现在她脑海。

"十五岁了,我想你可以了。"鱿勒重复这句话,而后走进石屋,半晌才提着一只铁箱走出来,那就是博尔兀一直好奇的箱子。

鱿勒伸指在腰间摸索,掏出一把角锥状钥匙,举在眼前说道:"这把钥匙能够告诉你很多事,你的母亲、你的族母以及关于你身世的一切。"

望着博尔兀充满期待的神色,鱿勒顿了顿后继续说道:"现在,你能够自由抉择。你可以选择不打开箱子,然后就当作什么事情都没发生,当个成天杀戮的佣兵或悠闲的渔夫也没有什么不好……

"……当然,我想你会拿起钥匙,箱里的东西会唤醒你的血脉。不过,一旦打开箱子,不可违抗的命运就会降临到你身上,就算你不喜欢,也非得接受不可。"鱿勒的表情并不严肃,不过她的话语却让博尔兀感到沉重。

"好好考虑吧,你的命运依循着你的抉择而定,开不开箱子,你可要考虑清楚了再做决定。"

鱿勒将角锥状钥匙立在石桌上,望着夜空赞叹道:"好美的星星哪!趁着只有一颗月升起,我要出外去溜达溜达。"说罢,她踩着石阶,迎着月光走上地面。

庭院里只剩下月光、酒杯、箱子、钥匙,还有博尔兀。

她轻声叹息,出口的热气化作一团烟雾,在月光照映下,她看着烟雾散去,阖眼寂然沉思。

最后,她睁开眼,昂着头,颈上的长棘也竖得直直的,她与鱿勒仰望着同样清晰明亮的星空,看见了同一轮皎洁的月亮。

第二章
海穹庐

苍生海

伟大的、平静的海洋啊

赐予鲜鱼、穹艇、美藻的海洋啊

你的名字是沧龙和白鲸

是鲔鱼和赤鱿

追洋流、逐海风

光芒像太阳、皎洁如月亮

你的名字

是母亲

——游猎民巫医　苍生海颂文

第一节　/ 海潮与乡愁 /

蔚蓝色的海洋仿佛敞开了心胸,伸出双臂要把天空拥在怀里。

永不止息的海风是个督阵的将军,被卷起的成排海浪则是训练有素的兵丁,他们奋不顾身、前仆后继地侵袭着沙滩。打从混沌初开以来,永无止境的战局便这么胶着了千万年,永远也没有结束的那一天。

浪花打在雪白的沙滩上,奋力地把白沙从滩头挖走,却也牺牲、溃散了自己的形体。残余的水波被身后的浪花再往前推,试图往上挣扎,无奈却连一对带爪脚掌也无法冲走,只能在撤退的时候象征性地掏空脚掌底下的一层白沙,可这么一来反而让这对脚掌沉下去;后续的海浪又劳碌地把沙砾堆在脚背上,于是这双脚掌被埋得更深了。

"这就是海洋吗?这是我诞生的地方,我的故乡……"好几天了,博尔兀仍然沉醉在这种朦胧的神秘感之中。

她交叉着双臂,脚掌和长尾巴犹如三脚架稳固地埋在沙滩上,和煦温暖的阳光照耀着她稻橙色的鳞片,令她舒服地阖上下眼皮。

这是白砂岛。

整座岛环绕着贝壳与珊瑚组成的白沙滩,洁净、优雅,温暖宜人的气候让博尔兀几乎忘了季节,掐爪算算,北方的优格梭里,现在应该已经是冬天了吧!不知道青鳉、费柴他们过得如何?甩甩头,博尔兀很轻易地便把乡愁甩开,这是崭新生活的开端,酝酿胸膛的雌心壮志不允许她再沉迷于过往。

而今她是博尔兀,是海洋的女儿,是失去猎场、鱼群的游猎民,是皇鲟单汗血脉的单传。

那是一个早春的深夜,她望着满天星斗,毅然打开了那口陈旧的铁箱。从那时候开始,博尔兀这个名字,才算真正诞生在世界上。

鱿勒用母语说道:"'博尔兀'这个音,在游猎民的语言里意指'如海洋一样宽广',引申为'天命',那是苍生海的巫医赐予你的名字,博尔兀啊,博尔兀。"

铁盒里铺着几张晒干的棕榈叶,散发着海草的熏香。棕榈叶包裹着一把晶莹剔透的锋刃,锋刃比匕首长,却比矛尖短,刃面透明得像块琉璃。它闪烁着点点星空的光亮,却又把一束浅白月光散成七色彩虹映在石桌上。

"这是皇鲟单汗的遗物,三叉戟的三个锋刃之一,是苍生海①打坏九百九十九把铁锉,耗费万年毅力,以天地间质地最坚硬的金刚钻雕琢而成,游猎民称之为'碧刃'。"鱿勒告诉博尔兀。

"所以,还有其他两把碧刃存在于世上啰?"

"嗯。"鱿勒点点头,"皇鲟单汗将三叉戟的刃分别交给三个亲信,另外两把碧刃迟早也会交到你手中,博尔兀。"

----

① 在木里华汗统一海洋之前,海洋游猎民大多信奉被称为苏喇教的自然崇拜信仰,巫医们认为万物皆有灵魂与神祇,而海洋的灵魂"苍生海"则是所有神祇与灵魂的根源,也是游猎民命运的操控者。

"交到我手中？莫非我就是……"

"这下你该明白我必须置火龙眼蛊那厮于死地的原因了吧。"

答案和博尔兀猜测的分毫不差。鱿勒从皇鲟单汗和她的部族如何在海洋上崛起、又如何称霸说起，一直说到十五年前那场夏末的战役，皇鲟单汗生擒了敌族的族母撷利阿舍凯旋归来，博尔兀的母亲哈勒台在战场上产下了她……

"……那个时候，撷利阿舍被单汗俘虏，大势仿佛已定，赤瑁部一定会投降，以换取族母撷利阿舍的性命。"鱿勒又喝口酒，继续说道，"可是啊，皇鲟单汗没有料到，赤瑁部的撷利阿舍有个冷血如海蛇的女儿，也就是后来的蓝帝汗②。"

说到这里，鱿勒又把一大口酒吞下肚。

"然后呢？"

"蓝帝汗早就暗中买通了撷利阿舍的左右亲信，她竟然不顾亲生母亲的性命安危，率领着那些同样没血没泪的部下，趁着我族没有防备的夜晚来袭！你应该明白，当时我们以为活捉了撷利阿舍就能够令赤瑁部臣服，因此对蓝帝汗丧尽天良的野心丝毫没有防备，所以……"

---

② 《曲洋史闻》记载，蓝帝汗为赤瑁部族母撷利阿舍的庶女，原名蓝蝶儿。赤瑁部在她的领导下逐渐强盛，因而族民以"蓝帝汗"尊称之。

"那一仗,我们角鲸部损失惨重?"博尔兀问,随着故事的发展,她的情绪逐渐激动,往昔的仇恨开始刺激着她的怒意。

"惨重?哈哈……损失又岂是惨重可以形容的?"鱿勒说到这里不禁惨笑。这是博尔兀第一次见到鱿勒脸上露出深刻的苦楚、哀伤的表情,也是唯一的一次。

"那一天,角鲸部可以说是被灭了族,皇姆单汗、你的母亲哈勒台,几乎角鲸部所有的英雌,都冷不防地被蓝帝汗暗算了。"

博尔兀终于醒悟,原来,自幼见到篝火,便会窜入脑海惊扰她的那段残破影像,那段充斥着浓烟和烈焰、满是血腥和哀嚎的凄厉幻象,便是她刚破卵而出睁开眼睑看到皇姆单汗临危授命给鱿勒的记忆。

她诞生在晴空万丈的千里平洋,却沐浴着战火孵化。她此生见到的第一幅景象,不是母亲,不是皇姆单汗,而是残破溃灭的故族,听见的是远处敌族嚣张的狂啸。原来那就是她生来背负着的、不共戴天的仇恨。

"部落中没有任何歌瓦存活下来?"

"百姓们是活下来了,你的一些亲戚也苟且地活了下来,她们跟着那些先前臣服于皇姆单汗的其他部族,全都依附到蓝帝汗的赤瑁部之下,心甘情愿地成为她的臣民。"鱿勒说。

"她们……她们怎么可以那么绝情?想想单汗当年是怎么仁慈地接纳她们的?"博尔兀双眼布满血丝,头顶长棘愤怒得沙沙作响,一掌拍在石桌上怒吼着。

"不要怪她们,她们别无选择。"鱿勒接下来说的话,更让博尔兀永生难忘。

"谁支配着洋流,谁掌控着渔场,百姓自然就往谁那里靠拢。她们就像是鱼群,部族的旗帜只不过引领着前进的方向,一面旗子倒了,她们便跟着其他旗子继续走。没有一条鱼情愿迷失方向饿死,更何况蓝帝汗拿着戈要挟。百姓只会追随强大得足以保护她们的部落,这是游猎民与生俱来的宿命,这是海洋生活的混沌铁则!"

鱿勒的话就像雷鸣般冲击着博尔兀激动的内心。

"所以,别怪她们绝情。"鱿勒喘了口气,继续说道,"如果你能够取代蓝帝汗成为标旗,就像皇姆单汗一样,那么百姓自然会望风归附并拥戴你。但是千万别寄希望于前代的恩泽,因为那就像海滩上的美丽沙雕,经不起海浪侵蚀,时间久了只会被遗忘,除非恩泽如苍生海、常熟天遍布于世。"

"所以,我必须比蓝帝汗更强?"

"强弱不是决定胜负的唯一要素,但你一定得成为指引航向的海风和候鸟,在这之前,我鱿勒愿不顾性命辅佐你。"鱿勒信誓旦旦,她的神情令博尔兀落下慷慨激昂的泪。

于是她选择悄悄离开,就在春季的最后一天,那个百花盛开的日子里。只有少数好友被告知,他们在离别前夕来到博尔兀的石屋,披着阳光走下台阶。

费柴递给博尔兀一柄匕首，口中不忘叮咛着："由于时间紧迫，我匆忙到武器铺照着你的身材打造了这柄匕首，外地的盗匪多，你藏着多少有点儿用。或许将来我继承家业，到时再打一柄更锐利、更合身的给你。"

博尔兀接过匕首，眨着眼睛回答道："我会妥善使用的，这匕首的质地很棒。"

察理送给她一把纯银叉子，说道："人心险恶，我们人类如此，你的歌瓦同类也是如此。银叉遇到毒会变黑，吃东西的时候千万小心。"

最后是青鳞，他用双掌捧着指头宽的圆胖小陶笛，佩上南国来的蓟草一并献给博尔兀。

"蓟草从南国传入，正巧是你要去的地方，这束蓟草代表我们对你的祝福和思念；这个陶笛是英雌殿③的司祭亲手烧的，经过她灵性加持，当你想起优格梭里、想起我们的时候，就吹这支笛，我们听得到的。"青鳞幽幽说道。

"真的？"

"嗯，'你相信，它就存在。'这是英雌殿的司祭告诉我的话。我们会听到的，博尔兀。"

"谢谢你，青鳞。"博尔兀郑重地把陶笛垂挂在胸前，"谢谢你！"

----

③瓦尔大陆中、北部大部分歌瓦信奉的一种普世化的多神信仰"猢卢铬教"；英雌殿便是猢卢铬教信众最常接触到的神殿，影响信众生活甚巨。每个村镇通常都会设置一个英雌殿。

他们一起仰望着晚霞,春风柔柔地吹过身边。当天的晚霞很美,是博尔兀十五年来见过的最美丽的晚霞。夜里的气温十分舒适,容易入睡,可是她却辗转难眠……

翌日,她坐在板车后面,石化蜥蜴四对脚踱步似的拉着板车前进。她就这么望着优格梭里的轮廓逐渐隐没在祥和的山野和树林之后。只不过青鳉久久伫立着,那依依不舍的神情,深深烙印在她的心底。

踌躇满志地踏上旅程后,由东到西,她们风尘仆仆地横越了大陆西半部诸国。尽管沿途经历了重重艰难险阻,也遭遇过与盗匪的恶战,但博尔兀的意志经过砥砺,却越发坚不可摧。经过了哪些地方,发生了哪些小插曲,除了真正重要的之外,她其实记得不多了。到达白沙岛这个热带岛屿的时候,距离出发时已将近三百天了。

这时博尔兀早已蜕变:她的武艺经鱿勒指点突飞猛进,尤其射得一手好箭;沿途与商旅的交涉、谈判使她深沉稳重,尤其在经历了几场利用文字的骗局后,她更加体会到鱿勒要她读书的远见卓识。

博尔兀回想过去一年来的过往,脸上露出略无奈又略欢欣的神情,思绪不知怎地又回到了北国故地,冬天的优格梭里。

那些朋友们过得好不好?费柴继承了铁匠家业吗?青鳉是否找到愿意赘他当丈夫的雌歌瓦了?察理说要跟父亲从商,说不定也正踏着自己来时的旅程向南行进呢!

有些想念故乡了！尽管海洋才是她真正的故乡，但博尔兀对优格梭里的思念，也称得上乡愁了。

她忍不住将手举到胸前，拿起挂在颈子上的陶笛，随着海浪的节拍咿咿呀呀地吹着。

陶笛的声音萧然，悠长而婉转，虽然只有五个音，却蕴含着十足的思乡风味。吹着陶笛，博尔兀不由得闭上眼睛，让心灵暂时沉浸在对优格梭里的美好回忆之中……

她听着波浪起伏，良久才睁开眼睛，知道是起身的时刻了。她转身准备回到岸上，却看到鱿勒正卧在一块突出的岩石上，左手撑着脑袋兴致盎然地望着这边，原来她来到博尔兀身后不知多久了。

鱿勒从岩石上起身，跃到松软的沙滩上，说道："笛子的声音很萧瑟，听得出你很怀念优格梭里的生活？"

博尔兀沉默地点点头："是有一些想念，那毕竟是我长大的地方。"

"这是难免的，偶尔想想家倒也无妨。不过啊，博尔兀，你的故乡照理说应该是海洋，可是你心里的故乡却是优格梭里，这颇有意思呢。"

鱿勒一语道出了博尔兀内心的矛盾，她一时哑口无言，不知该如何回应鱿勒的话。最后，还是鱿勒先开了口："思念故乡是咱们的天性，没什么不好的。偶尔想着故乡的感觉，很是舒服。"

"所以鱿勒，你在优格梭里定居，四处当佣兵生活的这十五年，也曾经想起过海上的事情啰？"

"是啊，好几次呢！"鱿勒深吸一口气，说道，"每次我参加战役，碰到战局吃紧，或者打了败仗要逃命的时候，就会想起湿咸的海风、鲔鱼的美好滋味、蛟龙的号叫，就仿佛回到过去一般。然后，心里就会充满勇气，所有的困苦一咬牙就熬过去了。"

"原来你也有狼狈的时候啊！"博尔兀以为鱿勒当佣兵向来一帆风顺。

"当佣兵可是拼着老命去挣钱哪，一点也不好混。就算武艺高超，也还有武艺不能解决的问题，或者武艺无法发挥的时刻。"

"可是你每次出远门都是一副无所畏惧的样子……"

"哈哈，博尔兀。"鱿勒从容地笑道，"原因很简单，那是因为我很强哪。"

"哦。"博尔兀也只能这么回答了，她想不到其他的话可说。

"总之，我要唠叨几句，遇到挫折的时候，想想过去的美好会让你更坚强，但是想得太多的话，你的意志反而会软弱下来。那陶笛不要常吹。"

博尔兀望着掌中的陶笛，思索着鱿勒的话，内心充满了矛盾和不快。不过鱿勒没给她时间继续思考。

"去收拾些东西准备出发吧，我要带你去见一个歌瓦，顺便教你认识真正的海洋。"

"我们要去找谁？"

"你去了自然就会知道。"鱿勒总是不疾不徐、好整以暇地应付任何事情。

博尔兀只能耐着性子,跟着鱿勒一起走。

第二节 /故臣额图真/

"就是这儿了,冬天她应该会在。"鱿勒说。

博尔兀伸颈环视。她们在这座岛屿西端的一处隐秘岬角,陡峭岩壁围在岬角的最外围,把陆地外头的海浪隔绝开来。浓密的树林把根扎得很深,透过岩块一直深入地底。走进岬角,天顶阳光只能透过枝叶缝隙淡淡地射进来。这里外表看来像座密林,实际上岬角中却别有洞天,豁然开朗。

再往里面走,几棵老树倚着岩壁生长,躯干早已埋在岩石纹理间,几堵石墙却巧妙地搭在老树的板根旁,堆成幢精巧的石屋。

石屋的另一端有个水塘,博尔兀饮了一口水,嘴里满是苦咸滋味。她突然发现,池水紧挨着海洋的那面岩壁底部散发着青蓝色的光,海面波浪起伏,变成金色网纹映照在池底。原来这个水塘是个潟湖,靠着底部的洞穴与海洋相通。

鱿勒走在前,推开竹帘进入石屋。屋内摆设十分简朴,桌椅器物收拾得井然有序,乍看之下屋主颇有统兵布阵的气势,而那些家具仿佛各自扼守着险要据点,整幢石屋就像座难以攻陷的城堡。

墙上挂着好几张干鱼皮,拼凑成一幅大航海图。

"这上面的文字我认得。"博尔兀喃喃地说。航海图上有两种文字,都是学者红头鲶教过她的,包括歌瓦的蝌蚪文和人类的拼音文。

航海图用深色墨线勾勒出海洋和岛屿的轮廓,大海西边的大陆上由北到南标示着的那些国家,正巧就是博尔兀一路所经之处。她没有看见优格梭里这个地名,不过倒是看见了优格梭里所属的国家的名字。

海洋上散布着许多岛屿,博尔兀随口念出了其中几个岛的名字:"柔兰巴托、索吾仑、浡里帖勒、伊犁布楚……"

"你认得航海图上的字?"鱿勒面露欣喜之色。

"嗯,有两种,歌瓦和人类的文字。"

"太好了,我们海上游猎民就是没有自己的文字,所以只能依靠外族的文字来记载海洋上发生的事。你既然看得懂,也一定会写,那些银币也就没有白花。对了,你刚刚念到的柔兰巴托在航海图的哪里?"

"这里。"博尔兀指着海洋正中央偏南、一块龙骨形状的长形小岛,"柔兰巴托是个好地方?"

"是啊,柔兰巴托……"鱿勒出神地望着那块岛屿的轮廓,"是个好地方。柔兰巴托,柔兰巴托……"

此时屋外突然淅沥水声作响,好像有什么从潟湖中蹿出水面。听见猛兽的低沉吼声,鱿勒茶色的眼珠一下子就亮了起来,说道:"丹顶额图真回来了,骑着蛟龙④回来了。"

"丹顶额图真是这石屋的主人的名字？"

"又被你猜着了，丹顶是她的家姓，额图真才是她的名字。一会儿见到她，你就知道为何她要姓丹顶了。"鱿勒神秘兮兮地眯着眼。

"是哪个大胆的贼蜥儿，竟推开门帘就进到我家里来？好大的胆儿啊！"

低沉的粗嗓音从门帘外传来，接着走进来一个浑身湿漉漉的雌歌瓦。博尔兀一看见她，立刻就明白额图真要冠上丹顶这个姓的原因了。

这个雌歌瓦相貌平平，身形稍微胖些，全身披着干净的白色鳞片，只有那颗蜥蜴头颅的吻端泛着酒红色的一片，红鳞片扩散到双眼和额顶，越往外红色便越淡。难怪鱿勒要叫她丹顶额图真了。

丹顶额图真怒气冲冲地走进石屋，乍然见到鱿勒的身影后，脸上的表情几近呆住，好一阵子才惊喜地叫道："鱿勒？"

"正是独行浪客鱿勒，好久不见了。"鱿勒悠然答道，偏着头看向博尔兀，

----

④蛟龙：蛟龙是海生爬虫纲的总称，包含了爬虫纲、阔弓亚纲、鳍龙类底下的十四个现生种。海洋游猎民所称的蛟龙正式学名为沧龙，全长约有八至十标准尺。蛟龙为纯海生爬虫类，终生栖息在海面附近。它们已经演化出胎生的繁殖方式，雄蛟龙需十八年，雌蛟龙需十四年方能成熟。游猎民多以蛟龙为水面上之坐骑，对蛟龙之倚赖仅次于赤鱿与海穹。

"瞧瞧我带谁来啦？"

额图真闻言望着博尔兀，思绪好像停顿了好一阵子，然后神情激动地大叫："这……这不就是我们的博尔兀汗女吗？我的苍生海啊！常熟天哪！"

丹顶额图真欣喜若狂，由衷地赞叹道："沧龙和白鲸庇佑，瞧她的样子，这金碧辉煌的鳞片简直和皇鲟单汗一模一样啊！瞧她紫色的眼珠多么深邃，就像她的母亲哈勒台那样炯炯有神；头颈上的鬣棘又是那么的刚直端正，好个顶天立地的海洋之女哪！来，来，让我这个角鲸族的老歌瓦好好看清楚新单汗的相貌。来，女孩儿！"

额图真急切地走上前，望着单汗的长孙女，眼里簌簌落下激动的泪水。

"博尔兀，这是你母亲哈勒台歃血结拜的好姊妹，角鲸族的第一智者、第一英雌，丹顶额图真。"鱿勒这时才向博尔兀介绍，"我忘了说，丹顶额图真熟知古今韬略，不仅在战场上能运筹帷幄，处理部落内部事务也能得心应手，是单汗当初最得力的助手。"

"丹顶额图真伯母。"博尔兀知道眼前这个雌歌瓦是个至情至性的雌歌瓦，内心不禁对她产生亲昵之感。

"好，好！我一定尽我所能，把文韬武略好好传授给你。博尔兀啊，你一定要继承皇鲟单汗的命运，带领我们角鲸部的余众，再次一统海洋……"

"这个……丹顶额图真，我想在这之前，博尔兀得先习惯海上生活才行。她还没有骑过蛟龙，也没有住过海穹庐，更不用说训练赤鱿鱼了。"鱿勒开口。

"这……怎么这样子?你这十五年来是怎么教她的?"丹顶额图真疑惑地问道。

"我把她带到陆地上的人类国家生活去了。"

"去陆地生活?那不就感染上陆地上那些农耕人吃不了苦的坏毛病了吗?鱿勒啊,你这颗脑袋瓜儿到底是怎么想的?当初我们可是看你年轻有为,才放心让你照顾博尔兀的,你怎么反而让她到陆地上鬼混呢?"

额图真听到这消息简直气坏了,一个劲儿地埋怨着鱿勒。

"别担心,博尔兀没有被教坏。"鱿勒说道,"我让她到陆地上去学些有用的东西,我自己对于陆上武器的使用也体验了不少。学这些用去的可都是我辛苦当佣兵挣来的血汗钱!"

额图真听了,又是眉头一皱:"什么血汗钱?怎么连你也用起'钱'这个软弱的字眼来形容你的辛劳了?咱们海洋游猎民的生活可不需要钱哪!"

"我倒觉得在陆地上钱挺管用的,有钱的人类可都抬头挺胸呢!你别心急,额图真,不然我就不告诉你博尔兀学了些什么。"鱿勒有些无奈,不过她仍然从容不迫地回答。

"哼!你不说,我就自己来问。博尔兀,她究竟要你去学了些什么软弱的窝囊事儿?你不要怕,有我在,鱿勒不敢欺负你,尽管说,没关系。"

博尔兀见额图真烈火一般的急性子,也不由得好笑了起来,不过听见她轻视陆上农耕文化的言词,也觉得有些偏颇,心头涌上一丝微愠。

"额图真伯母，鱿勒没有欺负我，她送我去读书了。"

"什么？读书？你去学写字了吗？"这下子，额图真的神情又从愤怒转变为讶异和惊喜，"学了哪几种语言？"

"我们歌瓦通用的蝌蚪文，南方歌瓦的简体字，还有人类通用的拼音语。"博尔兀有些不快，于是理直气壮地回答。

"所以墙上这张图里面的文字，你都看得懂啰？"额图真指着图问道。

"看得懂。"答话的是鱿勒，"她已经说过几个航海图上的地名给我听了。"

"这张不是航海图，鱿勒，这张图称为沧海屿图⑤，是我依据星象与节气推算方位和距离，又参考陆地典籍，好不容易才画出来的一张海洋全图。说它是航海图未免太小看我，不过那并非重点⋯⋯"

丹顶额图真为自己的创举辩护着，突然眼中灵光一闪，又问博尔兀："所以你知道柔兰巴托在这张图的哪儿啰？"

"就是这儿了。"博尔兀伸出第二指，锐利的爪刺在那个小岛上，心中却暗忖着："这分明就是在试探我嘛！"于是又多用了些力道，想把不满发泄在那张鱼皮海图上。

---

⑤沧海屿图：这幅鱼皮海图目前保存于卡特拉王国爱顿堡的大宪章博物馆地下三楼，其上记载各地岛屿位置、洋流、季节，精确程度直逼现代制作之地图，真品保存状况不甚良好，因此公开展出者应为复制品。

额图真看到鱼皮海图稍微陷了下去,就好似万箭穿心般难过,赶忙上前拉开博尔兀的手。

"哎呀!我的好汗女啊,请你千万小心,可别弄坏了这张沧海屿图啊!这可是你往后要统领的海域呢。"看着额图真一副心疼的样子,博尔兀不禁有些过意不去。

"好吧,鱿勒,是我错怪你了,我没料到你会送她去识字,让她学习陆地上特产的钩心斗角。"额图真黑色的眼珠子骨碌碌转了几下,闪过了一丝狡黠,"这样吧,为了赔罪,就让博尔兀在这座岛上跟我学习兵法韬略吧。就先从战略层次说起,这样虽然比较难入门,可是思虑却较有层次;之后我再把战术层次一项一项慢慢地、仔细地传授给她,按照缓急轻重依次是航道选择、兵力征集……"

额图真将所学知识滔滔不绝地倾倒出来,迫不及待地要教给博尔兀。任谁都看得出来,她心急如焚地想将毕生绝学传授给博尔兀。

"……在海骑之后,则需要考虑与海骑搭配的战梭应用,战梭可视为海骑的运用变体,跟船舰的运作基础理论又大不相同……"

"丹顶额图真,"鱿勒说话了,她的茶色眼珠凝视着额图真的黑眼珠,"博尔兀会跟你学习这些兵法韬略的,但是现在还太早,她必须先适应海上生活。"

额图真停了下来,随即又仿佛想到了什么,起身说道:"那你们今天来的目的是要拿碧刃吧?十五年来我藏得很好,我这就去拿。"说罢便要往内房走去。

她的性子急,脑中想到什么就去做什么,一刻都闲不下来。

"不是,额图真,碧刃等到博尔兀成为一个浪客之后再拿也不迟,你继续妥善藏着吧。"

"浪客?"博尔兀问。这个名词对她挺新鲜,听来却很有吸引力。

"博尔兀,海洋游猎民没有选择部族的自由,她们生在哪个部族,至死便是那个部族的百姓臣属,除非部族被灭。想要自由纵横海洋,唯有成为浪客才行。这些事额图真说得比较清楚,让她说吧。"鱿勒打了个哈欠。

博尔兀的紫色双眸向额图真望去。额图真显然胸有成竹,不等博尔兀开口问便开始解说:"浪客是咱们海洋游猎民的特殊阶级,是英雌的代名词,一个歌瓦不论出生在哪个部族,一旦成为了浪客,便等同于不再是该族的一分子了。"

"被视为背叛部族?"

"不,恰恰相反,她们会被视作英雌。浪客不臣属于任何部族的酋长、族母,她们就像海浪,乘风四处遨游,完全掌控着自己的命运;她们能自由选择投效的部族和族母,但却不是臣属的主从关系。"

"那又是什么样的关系呢?"

"浪客来归,是部族酋长的莫大荣幸,因此酋长必须待之以礼,看待浪客犹如亲生姊妹一般,鱿勒当初便很受皇姆单汗的关照;假使浪客选择离开部族,酋长也丝毫不能干预阻挠,那是因为浪客已从苍生海、常熟天手中赢得自己的命运,她们是受祝福的少数。"

"既然浪客这么优秀,为何所有的歌瓦不干脆都成为浪客?"

"你果然有慧根,汗女博尔兀啊!苍生海的胸怀是如此广大,心地是如此仁慈,因此海洋上的所有歌瓦,只要愿意的话都有成为浪客的机会。但是很可惜,只有极少数的歌瓦才能通过重重考验,赢得属于自己的命运。"

"成为浪客很困难?"

"很难,鱿勒就是个浪客,她应该有跟你讲过吧?喂,鱿勒,你跟博尔兀说过那些了吧?"

"没有。"鱿勒斩钉截铁地回答。

"什么?没有?"

"没有,我想那时候说了她也不会懂的。"鱿勒顺手拿起一颗椰枣,咬了下去,同时满不在乎地回答额图真的问题,语调依旧悠然自得。

"我也是今天才知道鱿勒是一名浪客,而且我也是今天才知道浪客的概念。"博尔兀说。

"好吧,那么鱿勒,成为浪客所需的条件还是你自己说比较准确,我口渴了。"

"那么我就说吧。"鱿勒把椰枣一口咽下肚,然后歪着头想了好一会儿,说道,"要成为浪客不见得需要有高超的武艺或是睿智,有些考验不是很容易,不过对你来说不是问题,我也就不谈了。要成为浪客,关键有二:第一是必须通过苏喇巫医的认可,这个其实也不难,重点是第二个,你要凭自己的力量徒手夺得角鲸的长角,这一点就不太容易了。"

"鱿勒,还是我来说好了。那些对寻常游猎民而言困难重重的事情⑥,让你这么轻描淡写地一说,根本就感觉不出难度所在。汗女博尔兀啊,我仔细说给你听……"

于是丹顶额图真巨细靡遗地把成为浪客的艰难险阻以及成为浪客的方式告诉博尔兀,之后三个歌瓦又继续讨论着。

---

⑥要成为浪客的必经考验有下列数项:

a、五日内独立驯服一匹以上的野生蛟龙。

b、十日内独立驯服一匹以上的野生巨鱿鱼。

c、十五日内独立制作一顶海穹庐。

d、由见证的巫医指定一座岛屿中的某项目标,受试者须在不伤及性命的情况下取得该物品,并安然脱身。

e、在鲜血四溢的海域与鲨鱼群相抗一个上午而不被吃掉。

f、取得抹香鲸的肠道分泌物"龙涎香"。

g、在充满风浪的日子以标枪标得三尾以上的旗鱼。

h、通过浪客前辈的武术、反应、临场处理能力检验。

i、通晓二十六条游猎民常用的箴言经文。

j、能深潜并取得砗磲贝的闭壳肌(干贝)。

k、活捉充满剧毒的海蛇。

l、前往北极,在白鳞族的统治区域内杀死一尾角鲸,并取得鲸角。拿着鲸角前往浪客之岛柔兰巴托,交给负责的巫医。

"所以我认为，博尔兀必须先成为一个浪客才能证明实力，而要成为浪客，得先从海洋生活开始。博尔兀还没有自己的蛟龙，甚至连蛟龙都还不会骑，这正是我们来这儿的目的。"

蛟龙是海洋游猎民的代步工具，就像马对于草原上的游牧民族一样，对游猎民而言，没有蛟龙便等于没有尾巴、不会游泳。这时鱿勒听见石屋外传来几声吼啸，在岬角中回荡鸣响着。

"这个鸣声，是你那匹苍紫色斑纹的坐骑雷云发出的吧？"

"哈哈，错了，错了。那匹早在十五年前逃难的时候，就被赤瑁部的追兵杀了，现在这匹是那匹的后代，不过也叫做雷云。嘿，不是我丹顶额图真吹牛，这是匹难得一见的好蛟龙哪！"

"那么，博尔兀得借你的雷云骑一阵子了，直到她驯服了自己的蛟龙为止。没问题吧？"

"这个当然，苍生海孕育出雷云就是为了这一天哪！尽管骑吧！"

三个歌瓦走到屋外，博尔兀猛然看见潟湖中沉潜的硕大身影，这是她第一次见到蛟龙！蛟龙的身躯壮硕，体态优雅，躯干像条巨大的鱼，强而有力的菱形尾鳍稍一摆动，便向前推进足足有几十尺；四肢略为短小，指间覆着蹼，身子约有两三匹马的长度。

那蛟龙的胸腔上套着鞍，灰色身体上排列着一条条的紫色花纹，头有半个歌瓦长，两排短牙藏在嘴间。

"这就是蛟龙?"博尔兀从没有见过这么威武剽悍的生物,更遑论想象数以千计的歌瓦战士骑着蛟龙、在辽阔的海平面展开激烈的战斗是什么样的情形。现在,壮阔的幻象开始从她的思绪浮出,震撼伴随着时间的流逝扩散、延展开来。对于鱿勒常提起的海战,博尔兀在见到蛟龙的刹那,开始有了些理解。

重返海洋,夺回皇鲟单汗的荣耀,重大的使命感使她描绘出了梦想的远景——在她见到蛟龙的刹那,血液里埋藏着的悸动像是全被唤醒了一般,怒吼着在血管中奔腾。

博尔兀紫色的眼珠绽放出野性的光芒,蛟龙的低沉怒吼徘徊在她的心底,唤起她对波浪和洋流的记忆。

夕阳照在潟湖,把蛟龙的身子映得红澄澄的,这情景令博尔兀联想到那段残破血腥的记忆——那个她破壳而出、见到角鲸部的船只着火、见到赤瑁部无情杀戮的模糊片段,一切一切,都只能加深她重返海洋的决心。她凝神瞪着夕阳,直到夜为天空盖上一层黑纱……

第三节 / 幽暗中的碧萤穹庐 /

当晚,她们宿在额图真的石屋内。

额图真取来两串飞鱼干,从潟湖捞了一半海水,又掺了等量的淡水煮成一锅地道的飞鱼汤。她又拿了三块红薯蒸熟了,用飞鱼汤和着吃,这便是地道的海岛风味。

红薯味道甘美而不甜腻。飞鱼肉经过烟熏,放在锅里煮,便能把鱼肉的鲜美释放到汤中。飞鱼肉干浸着一半海水,不再干涩,同时还带着弹韧的嚼劲,入口之际尚伴随着海水的天然潮咸和飞鱼肉的清香。不仅是博尔兀,就连鱿勒也对这顿晚餐赞不绝口。

"哈哈!我就说这飞鱼汤不赖吧?这十六年来,我从这里的岛民身上学到不少东西,尤其是烹调这几道野味。"额图真兴高采烈地开始了长篇大论。

"飞鱼约有你的胳膊那么长,一对胸鳍却像鸟的翅膀。岛上的歌瓦居民有着以飞鱼为中心的信仰,她们吃飞鱼,也用飞鱼。而这飞鱼汤,就是她们冬季的主要食物。博尔兀,你知道这飞鱼干是怎么做的吗?"

博尔兀摇头问道:"怎么做的?"

"每年的春天是这个岛盛产飞鱼的时节,整个海面上满满都是跃出海面滑翔的银白色飞鱼。岛民常在半夜集合,驾着独木舟或是摆着尾巴游泳,举着火把将飞鱼诱到网中。捕飞鱼时只有雌歌瓦能够参与,因为她们的习俗认为雄歌瓦是肮脏污秽的,一旦参与到神圣的捕飞鱼工作中,神灵便会怪罪下来,让整个村子来年吃不到飞鱼。

"翌日清晨,她们便将飞鱼剖开来晒干,再用烟熏处理过,就可以一直放到冬天当作储粮。"丹顶额图真揭开竹帘,向博尔兀和鱿勒展示着房里吊得满满的飞鱼干,"这些可都是从春天就留下来的!"

博尔兀凝视着鱼干,脑中灵光一闪,问道:"同样是飞鱼干,为什么这两串的切法却不一样?"

"哈!汗女果然聪明伶俐,一望就看出端倪来!"丹顶额图真答道,"这飞鱼的切割也是有学问的!我手上这一串纵切了四刀,另一串却只切两刀,这是为了区别是哪一家的鱼干,这么一来就算被偷了,只要循着切法,也可以找到贼蜥儿,所以这个岛上没什么贼。"

额图真顿了顿,又张开酒红色吻端说道:"咱们海洋游猎民,总是追着鲜美鲔鱼和鲣鱼回游的方向徙居,沿途经过大小数百个海岛群,各有不同的民俗风情。博尔兀,听我额图真仔细跟你说。首先,你要知道,人类和其他种族可不像咱们歌瓦这么适应海上与海边的生活,因此不论哪个海岛,大多只住着咱们歌瓦,其余种族也有,不过他们都住在较大的岛屿上,数量也没咱们多。"

"照你这么说,人类生活在海岛上定是有什么不利条件啰?"

"是这样的。人类的游泳技巧很差,潜水闭气也不能支撑多会儿,又缺一条尾巴,所以也游不快;此外,他们一定得喝珍贵的淡水才行,喝太多海水会渴死;还有,他们不能像咱们只吃鱼果腹,还得吃些陆地上的蔬菜,否则牙龈就会流血,身体也会很虚弱。我讲个故事给你听,是发生在霍都群岛的事儿,那年是鲽年……"

丹顶额图真好像足足有一百年没说过话了,滔滔不绝地将她在各海岛的所见所闻全都告诉博尔兀。博尔兀最初还兴致盎然,到后来发现额图真没有停下来的意思,转过头去想向鱿勒求助,却发现鱿勒早已悄然睡去。

折腾到深夜，博尔兀才得以来到潟湖边，攀上高耸的岩山，让浪涛声平息她混乱的意识。鱿勒不知何时醒来，来到博尔兀身边。

"喂，丹顶额图真很啰嗦吧？"

"这……额图真……是很热情，很有才学，想到什么，就滔滔不绝地都告诉我，好像所有事情非今天说完不可！"博尔兀托着下颚，左手指爪无意识地抠着嘴角的细鳞。

"嫌她啰嗦就直说嘛！"鱿勒笑道，"别瞧额图真今日急躁、慌忙的模样，以往她调兵遣将、发号施令时，狡猾冷静得像条虎鲸；身先士卒、临阵杀敌时，又凶猛残暴得像只丫髻鲛。"

"真的？"博尔兀有些怀疑，那与她所看到的丹顶额图真形象全然不符。

"武艺与战斗技巧，丹顶额图真自是不如我，不过在统驭军队、兵法韬略、行军打仗这些事方面，她可就比我强上千百倍啰。

"……而且，她从不轻易传授她的知识。看她这么殷切地想教导你，肯定是认为你像珊瑚一样值得精雕细琢，所以才会像章鱼吐墨汁那般拼命地倾囊相授。总有一天，你得向她学习这些知识，不过啊……"鱿勒又是老话一句，"博尔兀，你得先过惯了海上的生活才行哪！"

她突然瞥见远处海面上千百点细小红光依稀明灭不定，随着海浪升降着。仰首望着夜空，她的语气有些激昂："是啊，这个时节，天顶的月儿就是这样，第一批海洋游猎民已经来到这个岛了！"

博尔兀也望向那些火光,发现上千光点蔓延了好几十里宽,排成了好几个圆形的阵列。假使一个光点代表一支火把,一支火把又代表一艘船的话,那么这个游猎民部族显然势力庞大。

"那就是海洋游猎民的船队吗?"

"没错!那大多是棚船,风平浪静才有可能聚集了这么多。那里有千余个火光点,代表有三四百艘棚船,以这个比例估算的话,这个部落很大,有将近两万个歌瓦。"

"两万?"博尔兀被这个数字给吓着了,"棚船很大吗?一艘可以载二三十个歌瓦?"

"不!棚船很小,不比蛟龙大多少。"

"那怎么可能这四百艘船就载着两万个歌瓦呢?"

"哈!博尔兀,你被陆地上人类的观念给限制住了!棚船很脆弱,遇上风暴的话,铁定会被大风大浪给拆了的,那种东西只能够在近海航行,上不了洋面的!"鱿勒说道。

"那么,莫非有更大的船?"

"你还是没跳脱出陆地上生活的观念哪!"鱿勒笑道,"不怕风浪的大船是有的,不过是用来存放多余物品或战争时期用的。咱们游猎民的生活,有船的话很好,但是船只绝非必需,甚至啊,没有船也照样可以过活!"

"……怎么说?骑在蛟龙背上睡觉不成?"博尔兀歪着脑袋想了半晌,却还是理不出头绪。

鱿勒轻笑几声,獠牙从她的嘴角露了出来,颈背上象牙色鬣棘也竖得更直了。她顶着月光,说道:"来吧,这个热带岛屿夜里的海水也不会冰冷,咱们去亲眼瞧瞧,你自己体验一次比我说上一百遍都好!游吧。"说罢,她便从岩山顶上扑通一声跳入海中。

"鱿勒,你……"博尔兀赶忙走上前,来到山顶向下俯瞰,却发现皎洁的月色把海面照得清亮。鱿勒慵懒地缩着四肢,只把那颗蜥蜴脑袋露在水面上,一条长尾巴悠闲地不时摆动着,维持着她的姿态。

"下来吧,来见识见识咱们游猎民的生活。海水暖洋洋的,很舒服!"鱿勒泡在水里催促着。

"好吧,这就来。"博尔兀于是也纵身跃入海中。果然如鱿勒所说,海水很温暖。

"跟我来,不过要小心点儿!咱们游猎民对待贸然打扰的外族,向来是杀无赦的,杀起来眼都不眨。"鱿勒提醒道。

于是两个歌瓦深吸了一口气,探头潜入海底。她们将手紧贴躯干,下肢轻轻上下摆动着,不过潜泳的推进力还是靠着那条长尾巴的摆动。

博尔兀跟在鱿勒后头,她察觉到鱿勒游得很快,即使自己使尽了破壳的力气,也只能够勉强跟得上她的尾巴。在优格梭里的那些童年玩伴中,她是最擅长游泳的,也是在水中行动最敏捷的,这时她才发现,原来自己的泳技与海洋游猎民还是有一段不小的差距。

夜里光线黯淡，水面下更是如此，博尔兀得不时探出头，再感应着水流来测知鱿勒的去向。她在幽暗中跟着眼前朦胧的黑影前进，只见鱿勒那条尾巴有规律地强劲摆动着，每次一甩，双腿便跟着齐力一夹，前身也稍微扭摆着，让阻力减至最低。

博尔兀猛然醒悟，原来这就是游猎民善泳的窍门。她照着鱿勒的方式尝试了几遍，最初爪尾还不太协调，几次以后便逐渐熟悉了这股律动，流窜体内的海水唤醒她破壳前的回忆。不久，她要跟上鱿勒便不再是那么耗力的事情了。

她们贴着礁岩迅速窜游，还惊动了一尾沉睡着的青鲛。青鲛摆了几下尾，便又睡去。长满利齿的血盆大口一张一阖，七个腮裂随着闭口猛然喷出水流。

又过了半个时辰，她们接连穿过几处珊瑚礁，见到几尾蛟龙浮在水面上休息。鱿勒踢水减速，来到水面上对博尔兀说道："这里的野生蛟龙很多，以后可以挑几条身强体壮的驯服后当你的坐骑。"说完又继续向游猎民的船队游去。

她们看到的已经不是依稀闪烁的亮点，而是清晰燃烧着的火把，火把首尾各一，将棚船照得清清楚楚。棚船约有三匹马长，甲板中央围着帆布和竹板搭成的一个棚子，首尾依稀可见到几名歌瓦拿着矛的身影。更后方泊着几艘更硕大的五桅帆船，与人类的船舰不太相像。

船只依序排列成好几层圆环阵列，海面上还泊着许多蛟龙，博尔兀满耳都是它们低沉的吟啸。鱿勒告诉她，那是游猎民停泊休息时必定摆设的阵列，位于最中央的,就是部族中最尊贵的族母的船只。

"这儿够近了,再过去的话,水下的哨卫会发现咱们。潜下去,你想了解的都在这儿了。"

博尔兀潜入水面下,跟着鱿勒下潜了好一段距离,这时眼前乍现的奇妙景象,瞬间便攫取了她的理智、她的思维。在那个片刻,幽暗深邃的海水中闪烁着成千上万的荧绿光点,那荧绿仿佛来自天外,曼妙而奇异。博尔兀从未见过这样令她惊讶的青光,那是异界的寒瑟光芒、海里的苍穹星空!

荧绿青光点散布在众多巨大的半圆顶物体四周,半圆顶物体绵延排列了几乎整个沿岸。近处的半圆顶物体,直径将近有三匹蛟龙宽;位于远处的,博尔兀却只能依稀看见珍珠状小点;更远处,那些半圆顶物体便无法分辨清楚,成串织成一片连绵不绝的海城。

"莫非,这就是鱿勒曾提过的海民居住的'海穹庐'?"

博尔兀见到两三个歌瓦的身影从水面跃进来,最后从那半圆顶物体的底下钻了进去。她的猜测获得了证实,那的确是海穹庐!海穹庐呈半透明,博尔兀定神凝视,勉强能看见歌瓦在海穹庐中晃动的身影。

她见到歌瓦穿梭游动于海穹庐之间,就像地上的人类出入房舍那么悠然,内心有股说不出的感动。

放眼望去,海穹庐彼此间隔,却又严整排列。原来,这就是海洋游猎民生活的真相,海面上的船只、舰队,一切一切都无法比拟水面下的这个奇异世界!

每顶海穹庐都拴着两尾巨大的鱿鱼,巨鱿鱼比歌瓦还大上两倍,它们就是拖动海穹庐的牲畜。海中巡航的歌瓦哨卫们,一只手搭着巨鱿鱼,另一只手提着渔叉来回巡视;她们左手拿着渔叉,还牵着一条巴掌大的小乌贼,乌贼身上闪烁着荧光,用以照明;而海中成千上万、围绕在海穹庐周围的青绿色荧光,就是这种小乌贼所发出的荧光了。

博尔兀震撼于这壮阔的海穹庐群落,几乎连心跳都停止了。这时鱿勒猛扯她的尾巴,她才察觉到有几点荧绿青光正朝着自己的方向缓缓游来。

于是她们迅速转身折返,游出了好长一段距离,直到水面上的棚船又逐渐模糊时,才浮出海面换气。

"都见到了吧,那就是我们游猎民的世界,不需要船只也能存在的世界。"

博尔兀抬头望着天上的星星,几乎要与方才所见的水下星空混淆了,她昏昏沉沉地喃喃自语:"蛟龙、海穹庐、巨鱿……"

"巨大水母制成的海穹庐,潜行于海面下,便是我们无需恐惧惊涛骇浪的居处;巨鱿拉着海穹庐四海奔波,它们也是我们美味的食物,在战争中更不可或缺;再加上蛟龙,就是咱们游猎民维持生存的三要素……颤着青光的乌贼被我们称为荧烛⑦,则是水下深夜的不灭烛光。"

博尔兀思索着部分见闻,正要与鱿勒讨论,这时却听到一声凄厉的长嚎,

---

⑦荧烛:乌贼身上的荧光,源自于体内的发光器官。

自黑暗中向棚船聚落地奔驰而去。火光聚集处传来了扑通的落水声，然后传来了游猎民们鼎沸的喧嚣。

那是支暗地疾发的响箭，斜着射穿了宿卫的脑袋！

棚船上的灯火增加了许多，博尔兀借着昏暗的火光，看到许多歌瓦拿着弓站在船舷上戒备，几名宿卫纵身下水，像是要通知海穹庐一般；还有几名歌瓦背着弓箭，匆忙解开蛟龙的系绳。

这时，响箭的嗖嗖声出没在另一个方位，同样在该处掀起了骚动。棚船上的游猎民在箭尖系上火把，向八方夜空射了出去。红彤彤的火焰一时之间把周围海域照得通红。博尔兀隐约看到一道黑影，在红光映衬下英姿勃发。

距离棚船不远处，一匹蛟龙翻腾着飞驰于水面，蛟龙背上的黑影子拉满了弓，朝着棚船瞄去。那黑影看起来并不高大威猛，却隐然带着豪气，大弓被拉成满月状，蓄势待发！

而后火箭坠入海中，几缕白烟惨然蹿到海面上，就在视野中黯淡下来的时候，博尔兀再次听见了响箭的呼啸声。

船上的烛火这次烧得更旺了。游猎民发出愤怒的呐喊，十多名歌瓦骑着蛟龙，高举火把和弓箭，气势汹汹地追了出去——那是海骑，汪洋上的骑兵。

"快走，这个部族遭到夜袭，一会儿必然倾巢而出，快走！"

鱿勒率先摆尾，深潜后立即返航。博尔兀跟着潜下，她也察觉到游猎民出动了水中追兵——提着渔叉、系着荧烛的哨卫三五成群地向外搜索着。还有几匹巨鱿也拉着歌瓦主子，标枪一般地向外游动。

"得在他们灯光到达之前脱离！"博尔兀寻思着。

情况瞬间变得凶险异常，稍不留神，博尔兀和鱿勒便可能枉死在这深海中。这时两个轭着巨鱿的歌瓦分别从她们左右游过，幸好距离尚远，荧烛的青光还不至于照到她俩。她们正要松一口气时，左方那个游猎民不知怎的又折了回来，这次青色荧光就闪烁在博尔兀附近，逼得她们使劲朝反方向游，不料那眼尖的追兵似乎看到了博尔兀的最后一小截尾巴。

那歌瓦骤然勒住巨鱿鱼，伸手捏着荧烛，荧烛乌贼似乎被捏痛了，强烈闪烁着青色光芒。这荧光刺激得博尔兀几乎丧失了视觉，眼前只剩下一片红紫残像。

更不巧的是，闪烁的强光是游猎民的紧急信号，周围的所有追兵，包括另一个轭着巨鱿的歌瓦，以及身后一群潜泳的哨兵，顿时全都朝这边游来。她们都将渔叉扛举在肩前，只要发现目标，便要一叉射出。水面水下全都布满了杀气腾腾的追兵。

青色荧光随着巨鱿鱼快速逼近，眼看就要追上鱿勒和博尔兀的身影。鱿勒抽出齿鲸牙制的匕首衔在嘴里，已经做好了最坏的打算。这时她的视线无意中扫到正下方，顿时灵光一闪。她突然返身游来，拉着博尔兀向更深处直潜，那里是一大片交错复杂的珊瑚礁。

博尔兀恢复了视力，跟着鱿勒穿梭在复杂的礁群之间，但是追兵并未因为珊瑚礁复杂的地貌而有丝毫退却。鱿勒把手伸入一处岩洞中，搅和几下后，把一条长尾巴的海鳗拖了出来。那海鳗还在睡梦中，虽然牙齿锐利，却被鱿勒突然抓住了而动弹不得。鱿勒紧握着海鳗的嘴不敢让它张开，另一只手拼命压制着海鳗的挣扎。

鱿勒靠着礁岩，悄悄地来到追兵正下方，让海鳗的头颅对准追兵方向，接着便松开了双手。那海鳗奋力扭动，突然挣脱开来，便顺势往追兵的方向蹿去，直到双眼被萤烛的青光惊醒，才恍然大悟般地游回珊瑚礁。

追兵见到黑影直袭而来，渔叉就要出手，却见一条海鳗逃脱的身影，海鳗的尾巴扭动的姿态，在昏暗的光线下看来，与博尔兀的尾巴确有几分相似。领头的歌瓦摇了摇头，便轭着巨鱿鱼返回，其他跟随者也纷纷掉头。这时博尔兀才松了一口气。

她俩仍不放心地在珊瑚礁待了好一阵子，直到非换气不可的时候才动身离开。经过漫长的回程，从潟湖底下的洞穴游到岬角，回到石屋的时候，已有两轮明月落入海平面底下了。

一夜疲累过后，博尔兀伏在舒适的床褥中沉沉睡去。隐隐约约中，海中那些幽暗中闪烁着的点点青色荧光，飘荡在她的朦胧意识中，久久不能散去……

第三章
晴空响雷

　　原始的自然崇拜信仰，一直是游猎民文化发展的精髓，而由少数雄性歌瓦相互传承的巫医阶级，更是我们探索海洋文化不可或缺的环节。顾名思义，巫医同时掌握了海洋游猎民的宗教与医学。

　　巫医又称萨满，在海语中有"狂舞不停"的意思。在信仰上，他们主持各项祭祀仪式，婚礼与葬礼皆须获得他们的祝福。他们也为统治阶级观测海风与星空来占卜祸福吉凶，战争、海潮，甚至游猎民赖以维生的鱼群航向，凡举一切海上生活所及，泰半不脱巫医的参与范围。在医学上，他们不仅跳着舞蹈施展咒语来治疗疾病，同时亦能治疗战斗或猎捕造成的外伤，懂得过滤稀少而洁净的淡水来清洗伤口，这些足以见证他们医学的发达……

——《蛟龙，海面以上与以下的文化》

第一节 / 深夜箴言 /

"鱼游动的速度很快,如果你瞄准鱼腹,所有鱼都将溜掉,连尾巴也射不到,因此标鱼时,切记要瞄准鱼头,才能刺中鱼腹。"

博尔兀心中默念着鱿勒传授的秘诀。

一望无际的蔚蓝色海水轻触着小腿和足胫,激起雪亮的水花,博尔兀两腿跨在蛟龙颈部的鞍上,脚掌拇趾紧抓住鞍底横杆。蛟龙强而有力的尾鳍每扇动一次,都能载着颈背上的骑乘者向前飞驰一阵子。

蛟龙背上斜列着紫色斑纹,低吼声震荡着近处水波,这是丹顶额图真的坐骑雷云。

乘坐蛟龙的感觉很特别,它们游动的时候,梭形的头颅上只有鼻孔以上保持在海面上。蛟龙借着尾鳍推进身躯,博尔兀的视线也跟着蛟龙时不时左右摇摆。她的下半身跟着蛟龙载沉载浮,大腿的鳞片被海浪冲得很是舒服。

她右手提着缰,穷追着海面下的一群蓝色影子,那是鱼群。她发现了目标,脑中再度浮现口诀:"瞄准鱼头才能刺中鱼腹!"

她找到了目标,一尾肥美的鲷鱼。她的目光紧紧盯着鱼头,颈背上的鬣棘一竖,用惯用的左手把渔叉掷出去。蛟龙的奋力腾空从蓝影上空跃过。渔叉直破海面,几乎没有激起水花。渔叉的尾端系着长绳,博尔兀缓缓下了蛟龙,循着绳子把渔叉拉了回来,上头串着那尾肥硕的鲷鱼。

数数背上竹篓子里的，再加上这一条，博尔兀捕获了够三个歌瓦吃的鱼，她心满意足地收起渔叉准备返航。

那一夜惊心动魄的追击后，博尔兀她们暂时借住在额图真的潟湖石屋之中。往后的日子里，她们见到越来越多的游猎民部族纷纷迁徙到白沙岛近郊的岛群沿海。博尔兀也在这段时间内习得了骑乘蛟龙的技巧——如何稳固地立在鞍上，如何控制蛟龙的左右进退，鱿勒在二十多天中便全部传授给了博尔兀。博尔兀稍加练习，便能自如地骑乘。

"游猎民在还没破壳而出以前，就已经知道怎么骑蛟龙了。"这句话是游猎民的俗谚，多少也反映出蛟龙与她们生活的密切关系。博尔兀虽然迟了很久，但血统中的本性却无法磨灭，她不仅驾轻就熟地掌握了撒网捕鱼、渔叉标鱼的功夫，甚至还偷偷地拿着弓箭模仿游猎民跨蛟骑射的英姿。

博尔兀来到了岬角旁的岩壁，跳入海中，等到蛟龙雷云潜入海面下，才跟着雷云从洞窟钻入潟湖内。

她提着竹篓和渔叉走向石屋。鱿勒从窗户看到她，便提着标枪站起身，等博尔兀到了门口，刚好碰上鱿勒掀开竹帘。

"啊，博尔兀，你回来得正好，今晚吃些什么？"

博尔兀指着竹篓说道："就是这些鱼，再加上红番薯。"

"我看看……是鲷鱼啊，挺鲜美的，不过很可惜，我是吃不到啰。"鱿勒伸出布满绿鳞的手托着下颚，"现在，有些事儿我们必须分头进行。不少游猎民部族都来到白沙岛附近，趁着季节还没过去，有些事情我得赶着去更南方办妥。你就趁这几个月的时间驯服一匹自己的蛟龙吧。"

"你又要出远门啊？驯服蛟龙你可还没教过我呢！"

"这就当作是个考验，我和额图真不教你，你自己想办法，用什么方法都行。"鱿勒指着石屋墙角说道，"鞍倒是不用做了，这里有。"

博尔兀望着那堆鞍，又回头望着潟湖里的蛟龙雷云，马上就要开始想办法。鱿勒却笑道："假使我回来时，你还没驯服一匹的话，我再教你。"

博尔兀听出了其中的戏谑意味，好胜心顿起："哼！用不着你操心，你回来的时候，我一定已经驯服了几匹蛟龙。"

"好！有骨气，不过也别赌气了，假使我回来时你还没有蛟龙，我一定会教你的，别担心。"鱿勒依旧笑道。

"我一定驯服几匹给你看。"博尔兀的紫眼珠绽放出豪情，斗志高昂。不过鱿勒一点儿也不受博尔兀情绪的影响，换了个话题："假使半年内我没有回来，丹顶额图真知道该怎么做。这段时间，你可以住在这座岬角，也可以到外面去居住，额图真的雷云可以借你骑，不过每十五天要回这儿一次，知会额图真你的行踪。"

"嗯，汗女，雷云就交给你了，我会一直待在这里。你如果不想驯服蛟龙的话雷云送给你也可以，这样我便可以先教你水战的方略了，比如说……"额图真这时也从屋里走出来，趁机怂恿博尔兀学习军事。她酒红色的额头搭配着浑

身白鳞片,刻画出她急躁的个性。

博尔兀稻橙色的鳞片闪烁着光芒,她扬着嘴角道:"额图真伯母,你不必挂心,驯服蛟龙这等区区小事不足挂齿,雷云我是一定会归还给你的。至于作战方略,就等我驯服了蛟龙之后再学习吧。"

"对了,博尔兀,有一点你得特别提防,"鱿勒提醒,"咱们的敌族赤瑁部也已经来到这个岛了,二十多天前我们看到的那批游猎民便是赤瑁部的先导。你可别去惹她们哪!"

"我还不至于笨到会以卵击石。"博尔兀充满自信地回答,即使她对赤瑁部的恨意并未有丝毫减弱。

鱿勒离去的次日,博尔兀便迫不及待地骑着雷云出海。她来到珊瑚礁边缘,果不出所料,有几头野生蛟龙正巡回着,其中有尾蛟龙体格特别健壮,背上除了寻常的灰蓝之外,还隐约掺杂了褐绿斑块。

那匹绿背蛟龙总是游在最前端,跃出海面的高度也远远超出群类。博尔兀第一眼就确定,那是她梦寐以求的坐骑。

蛟龙群似乎也察觉到博尔兀正在观察它们,警惕心驱使着它们围聚成群,那匹绿背蛟龙鼻孔喷着气,双眼恶狠狠地瞪着博尔兀。博尔兀明白蛟龙虽具有领域性,却不至于攻击歌瓦,但贸然前进仍不是一个好办法。于是她便在远处凝望着那群蛟龙,直到日影落到海面下,仍然想不出驯服蛟龙的方法,只好又骑着雷云回到潟湖。

她绞尽脑汁地苦想整晚,仍然一无所获。坐在岬角高耸的岩壁上,博尔兀无趣地远望着夜色下的对岸,那里依旧闪烁着数不清的烛点。更远的海面上,依稀的红光四下散布着。冬天来临了,追随着鱼群的游猎民也一个部落一个部落地来到这里。

游猎民的生活既然与蛟龙密不可分,必然需要饲养大量蛟龙。那么,也就是说……

"对了,这方法好,没料到还有这么一招。"博尔兀顿时醒悟过来,眼前这些游猎民不正是最好的指导者吗?

对岸的棚船围篱中,这时突然有三十多点火光离开棚船群,从速度判断,应该是一大群海骑跨着蛟龙出海。她的内心不禁又冒出了一个问题:这么晚出海,为数又众多,应该不只是照例的巡视吧?

"……蛟龙生性好光,因此喜欢在白昼活动,而选择夜间休息……"鱿勒说过的话再度浮现在她耳边,博尔兀有种莫名的预感,她觉得深夜出海的游猎民,目标便是驯服野生蛟龙。

她也隐隐预感到,今晚绝非一个平静的夜。

因此她将鱿勒的临别告诫抛到海边,决定冒险跟踪这些游猎民。博尔兀纵身跃入海中,摸索着向那些海骑游去。火炬为她指引方向,然而蛟龙的速度实在太快,即使博尔兀耗尽全身力气摆着尾巴,水面上的火光却依然迅速无情地离她远去。就算现在回去骑着雷云出来，说不定也找不到这些游猎民的行踪了。进退两难的窘境此刻牢牢地捆缚着她。

火把就要脱离她的视线了，她一度以为今夜又要空手而归了，没想到，那些火把却奇迹般地逗留在海平面的临界不动了，摇曳的火焰就像海草诱惑着她的好奇心。

"就这么拼了，今夜无论如何也要追到她们。"

她拼尽浑身力气，奋不顾身地朝着海骑逗留处潜泳。她没有心思去计算时间的流逝，而那些游猎民也不负所望地就那么留在那片海上，直到博尔兀悄悄接近为止。

她把头颅探出水面，伏在一块礁石后偷偷打量那些游猎民。

首先映入她眼帘的是艘双船身小艇，前端轭着一匹蛟龙，小艇的船身比棚船还小，只能容得下两名歌瓦并肩而立。那是博尔兀第一次目睹游猎民的战梭——一种由蛟龙拉动的小艇。

战梭后侧绑着两串粗绳，开着叉分别向斜后方延伸，最后系在另两艘战梭上。而那两艘战梭中央，却也系着相同的粗绳。博尔兀睁大眼睛才看清楚，上面有许多交错的细绳从粗绳延伸到水面下，原来那是一张粗渔网。

渔网中已有两条蛟龙愤怒地挣扎着，它们身上还缠着更细的网子。三角渔网的周围有十几匹精悍的海骑，高举着火把将海面照得红亮，她们几个一组，追逐驱赶着剩余的几匹蛟龙。

有匹蛟龙被逼急了,从三角渔网上空飞跃而去,不料战梭上的游猎民却在这时举起弩,分别朝蛟龙左右射击,箭镞尾巴各自勾着一面渔网的两端,蛟龙这么一跃,便活生生被这张网给缠住,落入中央的大渔网内。

"毋勒温,真有你的,这驱赶蛟龙的功夫一流哪,这是今夜抓住的第三匹了。"战梭上持弩的游猎民叫喊着。

"是啊,毋勒温,趁着今日母汗亲自率队,你最起码得再给咱们弄上三匹来。"又一个声音说。

这时前方战梭上又传来几句话语,一阵尖细的嗓音喊道:"三匹了,该是施行驯服法的时候了,我就要奔海,你让让。"那是个雄歌瓦的声音。

"巫医啊,你现在就要到网里头去了吗?毋勒温还可能驱赶几条蛟龙进来,你还是多等会儿的好。"

"正因为这样,所以才麻烦哪!让我先去把那三匹给驯服了吧,省得多了更麻烦。你放心,苍生海庇佑着,俺死不了的!"

巫医说罢便跃入网中,博尔兀隐约见他把手指向了蛟龙奋力摆动着的头颅,大声狂吼着经文:

"〔海浪符号〕!!"①

----

① 海洋游猎民从来不曾发明过文字,本书引用的这段"海浪符号",是由当代民族学大师哈烈忽兰根据游猎民巫医使用的箴言音节与涵义所制订出来的一种符号,而非完整的文字。

那狂啸声嘹亮而刺耳，声波刺激着博尔兀的意识，几乎令她晕眩。然而方才那匹疯狂挣扎的蛟龙，此时却温顺下来，只有几声低吼还不时从喉间发出。

战梭上又传来粗犷的吆喝声："好个苍生海！不愧是苏喇教的巫医哪！我这混歌瓦要喊破嗓子才能成功地说出一句驯服经文，巫医才喊了一次，就把这匹野蛟龙驯服啦！"

"你的心不诚，蛟龙听不懂你的箴言[2]，自然喊死也没法儿。"那巫医说道。紧跟着他又来到另两匹受困的蛟龙身旁，以同样的经文驯服了它们。

"哈哈！巫医索术，苏喇教果真是苍生海的真传，平日要喊上半天才能驯服一匹蛟龙，今夜有你相助，才几下子便收拾好了。本汗有了你，可真是福气。"

一名高大的雌歌瓦策着蛟龙，在四名海骑的护卫下接近战梭，她的声音浑厚，有股说不出的威严。她并没有举着火把，身后四个护卫所举着的火把却照着她的身影，让黑色模糊的轮廓更显高大。

博尔兀听她所言，方知道她是个尊贵的单汗。单汗是游猎民对于几个部族共同领袖的尊称，是海洋上的霸主。

博尔兀知道自己该离开了。单汗周围的戒备必定森严，同时她也已经获得所要的消息。从巫医和游猎民的对话中博尔兀判断出，尽管可能需要耗费百倍

---

[2]《曲洋史闻》中记载，海洋游猎民信奉苏喇教巫医，她们相信苍生海的旨意能透过某些特定音节，化作一种任何动物都听得懂的自然语言，那便是所谓的"箴言"。

千倍的时间，但就算是普通歌瓦，也能以那句经文驯服蛟龙。这对博尔兀来说已经足够，她自信能驯服那条绿背蛟龙。

于是她缩着尾，深吸一口气准备下潜，然而这时她的身后猛然闪耀着火光，一名海骑高举着火把，跨着蛟龙大声喝问："贼蜥儿，做什么来着？是哪个部的刺客不成？"

博尔兀见大事不妙，立刻下潜准备逃窜，却没想到已有另一名海骑也跟上来，两个歌瓦把手往上一拉，她便也陷在一张网中。

跟着一道黑影向她袭来，博尔兀腹部一阵剧痛，便丧失了知觉……

第二节 / 袭击 /

海浪的声音很近、很近，它们淹过博尔兀身下的沙滩继续侵蚀，撞击着博尔兀的身躯，然后抗拒不了自然规律后撤，第二波海浪涌了上来，她逐渐感觉到潮水的浸润。

"起来！贼蜥儿！快给我起来！"布满锐利爪子的脚趾踹着博尔兀的身躯，好在有鳞片保护她才没有肚破肠流。一个魁梧的游猎民没好气地将她从昏迷中踢醒。

"醒来！"

她试图坐起身，这时才察觉到自己的双手被反捆在背后。那游猎民又从背后踹了她一脚，她一下子趴在沙滩上。一股怒意席卷着博尔兀，她的心跳加速，反绑着的双手也不自觉地握紧,颈背上代表着愤怒的长棘眼看着就要竖立起来。长棘抖动意味着示威,幸好这一年来她从旅途中学会沉着,才将满腔愤怒不动声色地压在内心。

"走,尊贵的单汗有话要问你。"那游猎民说道,"要不是单汗想问你话,你这贼蜥儿刺客连昨晚都活不过!不过,就算这样,你见过单汗之后能不能活下去也还是个问题!"游猎民嘲弄着博尔兀。

又走来三个持戈的游猎民,身上都穿着海上不常见的盔甲,应该是单汗身边的亲信护卫,她们挟持着博尔兀走上白色沙滩。走出浪涛的起伏范围之后,沙滩被阳光烤得滚烫,然而博尔兀没有闲情逸致去理会这等小事。四个持戈护卫的耐力强大,自然更不会被脚掌下的灼热轻易击败。

博尔兀被押上一个较高的滨海平台,海岸就在她的右方不远处。在她视力可及之处,停泊着数以百计的棚船,许多海骑奔驰着,整个海面几乎全被这个部的游猎民所占据、封锁。

啪!清脆与刮裂的声音响起。

"直蜥贼,单汗就在眼前,你的眼睛往哪里看?当心挖出你的眼珠子。"护卫掴了博尔兀一巴掌,指端长爪毫不留情地在博尔兀的头颅上划下四道伤痕,还刮落了几块鳞片。博尔兀被这一掌打得天旋地转,等到眼前景象从模糊变得清晰,才不由得吃了一惊。

那平台上直挺挺地竖立着十二名持戈护卫,身材全都比博尔兀高半个脑袋瓜以上,成两列威武地戒备着;护卫队伍尽头站着两个歌瓦,高举着赤红色旗帜,盔甲也更漂亮。单汗身边还立着两个模样奇特的歌瓦,左边那一个雄歌瓦身材矮小,身披袍服,很可能便是昨夜的巫医。博尔兀的目光不自觉地集中在最中央的单汗身上。

单汗只比博尔兀略高些,她的额高嘴阔,鳞片是深黄色的,身高比周遭护卫低,但两只碧绿色眼珠子却绽放着威严的光芒。

她头戴着古朴的冠带,冠带在额间松果眼③的位置处镶着一枚翠绿翡翠;额沿向前左右各叉出两对簪刺,两对羚羊角向后上方延伸出去;而在蜥蜴头颅的顶部,竖立着一尾张牙舞爪的蛟龙雕饰,蛟龙的身躯向前,两侧则延展着一大一小两对翼状装饰;颈颊间五对铁片依次排列着,让她看起来既威猛又高贵。

她的身躯披着鲎甲④,环环相扣,主要几处镶嵌着薄铁板;盔甲表面用鱼类

---

③松果眼:大多数的蜥蜴额顶中央有一处未被鳞片覆盖的部分,其内隐藏着如眼睛般的神经组织,相当于其他脊椎动物脑中的松果体,因此又被称为松果眼。松果眼主要能感受紫外光,以调节蜥蜴的生理作用。

④鲎:一种海生无脊椎动物,披着厚重甲壳,有一条剑形长尾,又被称为马蹄蟹。分类上隶属于有螯肢动物门,血缘与甲壳纲的虾蟹类较远,反而与蛛形纲的蜘蛛、蝎子等较接近。鲎的生长十分缓慢,需要将近十多年才能成熟,其甲壳犹若骨片,常被海洋游猎民用以制作护具。

的鲜艳鳞片作装饰，按照鱼类体表的图案排列。两块胸甲画着帝仙鱼的蓝黄斜纹，肩甲则是黄带鲽鱼的纹路，尖端也模拟着鲽鱼高耸弯曲的背鳍锻造；其余肩挡、护颈、臂甲、护手、裙甲、护胫、护尾甲也都依照着鱼类的花纹装饰。这副盔甲搭配着头部冠带与单汗独特的头颅相映，显得她雍容华贵，气势雄伟。

单汗碧绿的眼珠平静地望着博尔兀，直直地打量了她好一会儿。博尔兀凭着一股怒意，也不卑不亢地直视回去，紧张、兴奋、恐惧、豪气，各种情绪瞬间涌起。事实上，面对单汗的时候，博尔兀只能眼睁睁地望着她，身子微微颤抖，脑袋里却一点儿主意也没有。

单汗喉间发出咕噜的低吼，扯着浑厚低沉的嗓音问道："你就是昨夜跟踪我等的小蜥吧？你看起来不像这个岛的歌瓦，你叫什么名字？做什么的？"

单汗的双眼碧绿中透出靛青的严厉光芒，博尔兀无法把视线从她的脸上移开。但是她知道，自己内心的情绪即使稍有变化，也绝对瞒不过单汗苍鹰般的敏锐双眼，而她的生死就掌握在眼前这个尊贵的歌瓦爪中。

换作是鱿勒面对这个情形，她将怎么应对呢？是否能暴露自己的真实身份？或者该用什么言语搪塞？想着想着，她突然想起赌注竞技场里，鱿勒面对远比她高大的红鳞歌瓦时所用的招数。虚实之间该如何应对，她当下便有了笃定的抉择。

"我是个北国来的商旅，伟大的单汗可以叫我博尔兀，这是我与游猎民买卖时用的名字。"博尔兀以极低的声音说道，她故意在话语里掺杂了些陆地上的口音，希望借此分散单汗的注意力。

然而单汗却只是微笑，完全不受博尔兀计策的影响，继续问道：

"博尔兀？这个名字很对咱们游猎民的胃口，不错，你的海语说得也不错。那你的真名叫什么？"

"真名叫做……费柴。小的是北方贸易都市优格梭里的商旅，花了将近一年的时间才来到这个岛呢。"博尔兀临时找了个好友的名字顶替，巧妙地望着北方露出怀念的神色。

"好，本汗知道了。你昨日跟着咱们游猎民是想做什么？不会……是要夜袭本汗吧？"

单汗似乎相信了博尔兀的话。倘使博尔兀随便扯个谎言，恐怕立刻就会被单汗拆穿，然而她临时编造的内容，却是一年来从优格梭里到此地的亲身经历，因此神色十分自然，竟没有半点破绽。于是她的胆子也就更大了。

"伟大的单汗，小的不敢欺瞒您，只是小的说了，脑袋瓜不知道会不会搬家……"

"但说无妨，你的脑袋要不要搬家，你说了或许还有机会选择；如果你不说的话，铁定是要被砍下来的。"单汗伸爪指着博尔兀，碧绿色的眼中却浮现出了些许笑意，"快说。"

单汗问话时举止极有气魄，言语却犹如碧海晴空般恣意自得。

"是，那小的就说了。小的昨夜偷偷跟在单汗的后方，其实是为了看你们游猎民怎么捕捉蛟龙。"

"捕捉蛟龙？你们陆地上的商家捉蛟龙有何用？"

"单汗，小的受陆地上王公贵族的委托，要活捉几匹蛟龙回去赏玩。小的没有经验，因此只得趁着夜半偷偷跟随您，希望能学到活捉蛟龙的方法。"

"你啊你，"单汗又指着博尔兀笑道，"你这商旅难道不知，蛟龙是咱们游猎民的尾巴，是游猎民的依赖，捉不得的吗？"

"啊？"博尔兀露出了惊讶的神色，这一点她确实不知道，因此恰如其分地瞒过了单汗，"小的不知道，往后再也不敢了。"

"你几岁了，费柴？"

"小的今年……十八。"博尔兀故意隐瞒了实际岁数，她才十六岁。

"难怪，原来是个还不会下蛋的小雌蜥哪！"单汗说道，"你还是先赘几个丈夫成家吧！小小年纪就出来经商，难怪啥也不懂。"那些持戈护卫们也跟着纵声大笑。

"是……是……"博尔兀装模作样地躬身道。

"野生蛟龙虽然你们捉不得，但本汗倒是可以弄几匹老弱不能打仗的来与你交易。"单汗和颜悦色地看着博尔兀，然而眼神却稍有迟疑，似乎若有所思。

"真的吗？"博尔兀装出一副惊喜的模样，"敢问单汗每匹蛟龙要多少钱？是用北方多国通用的泰契斯金币，还是南方诸国的黑纳刀币？或是这个岛的碟贝币？价钱随单汗出，小的一定买！"

"哈哈……"单汗不禁大笑,"你这小母蜥哪,连咱们游猎民的买卖方式都不知道,还做什么买卖呀?你说的那些钱,硬邦邦的不能吃,熔铸成器物也不值,对咱们整天捕鱼吃的游猎民没有一点儿用处,还是拿些有用的家伙来换吧!"

单汗身旁的那个雄歌瓦巫医把眼睛眯成一条缝,瞄了博尔兀一眼。两三个提弓的游猎民这时却上前,跪地禀报:"单汗,巡哨的海骑发现那伙夜袭者的身影了,要派兵追吗?"

单汗又看了博尔兀一眼,转过头去下令:"牵出我的蛟龙,备好弓,本汗亲自去会会她。"游猎民应声离去了,护卫也跟着去了大半,眼见单汗立刻就要离开这里,博尔兀知道自己的生死很快便会被裁定。

单汗从护卫手里接过一块小木牌掷在博尔兀面前,牌子上粘着蓝黄鲜丽的鱼鳞。

"小雌蜥啊,你的历练不够,还只是个冒牌商旅罢了,不过本汗很欣赏你。"博尔兀望着这令牌,上面的花纹与单汗胸甲上的花纹完全相同。

"这块木牌是本汗的令牌,往后你在各处海岸见着了挂着红色旗子的棚船,便知是本汗的赤瑁部,凭着这令牌你可以自由交易。"随后她又指示左右,"松绑,把她放了。"

"赤瑁部"这三个字使博尔兀的心脏几乎停止了跳动。她几乎没有感觉到绳子从她身上解下来。如果这群游猎民是赤瑁部的先导,那么,眼前这位落落大方的单汗，便应该是……

"再见了，费柴……不，博尔兀，亮出这块令牌，整个海洋都知道帝仙鱼令牌是我蓝帝汗的令牌。"

博尔兀抬起头，恰好撞见单汗碧绿色的眼珠正玩味地望着她，她控制不了发颤的双手以及顿时瞪大的双眼。但是，蓝帝汗头也不回地朝海岸走去，其余护卫全都跟在她身后。滨海平台上就只剩下博尔兀不知所措地低头伫立着。

她的大脑一片空白，屠灭角鲸族的仇敌就这么毫无防备地从容离去，而她却无能为力。博尔兀无法分辨涌上心头的究竟是什么，澎湃的情感？复仇的炽焰？还是令她沮丧的无力感？

或者，除了迷惘之外，什么都不是。

博尔兀不知道自己该怎么做。蓝帝汗最后的眼神代表着什么意义？她识破自己的真正身份了？博尔兀知道，自己应当沉着冷静、瞒天过海，等待日后茁壮时再报仇，那才是上上之策。然而，一片汪洋茫茫，赤瑁部的势力又如此庞大，错过这次机会，还能遇到这样的机会吗？还能在毫无防备的状况下偷袭蓝帝汗吗？她能眼睁睁看着蓝帝汗离去而没有遗憾吗？

她不禁低头垂视自己颤抖的双手，摊开的掌上肉纹又透露着什么样的命运？是她的生命到此为止？还是这才是博尔兀命运的开端？她试图握紧拳，紧张压迫却化为一股酸楚，令她连握拳都用不上几分力气。慌张采取的行动，又能达到什么效果呢？

她的视线透过指间落在地面,松绑后的绳子还留在那里,那是由糅合纤维织成的坚固绳索。最后,博尔兀的眼光落在那名为自己松绑而最后离去的护卫身上。护卫手提着弓,那丝弦映着阳光,是那么的闪耀,而护卫背上的箭筒里,则插着满满的羽箭。

她的紫色双眼望望弓,又望了望箭,紧接着又盯着逐渐远去的蓝帝汗的身影,顿时握紧了拳头……

"伟大的单汗哪,"巫医跟在蓝帝汗的身后,抢上前问道,"为何要放了她呢?"

蓝帝汗嘴角挂着一缕轻笑,不作任何回应。

"单汗,你为什么要放了她呢?你没瞧出她的鳞片闪耀着稻橙色的光芒?没察觉她的眼睛闪烁着复仇的怒火吗?难道你没有发现,她很可能就是皇鲟单汗的血脉吗?"

"哈哈……"蓝帝汗报以朗声大笑。

"尊贵的单汗,你……你不怕这样做带来的后果吗?就像你当年一时兴起,却使得咱们赤瑁部至今仍不断遭到夜袭的骚扰啊!那雌蜥太危险了,你忘了角鲸部的残众、皇鲟单汗的血族都还在你的鳍下等待着吗?单汗……"巫医语重心长地叨咕着。

"巫医索术啊,"蓝帝汗调整着盔甲,碧绿的双眼绽放着豪气,她望着天空说道,"作为单汗,做事当要大度,仁慈才能聚拢民心。"

"仁慈?伟大的单汗哪,假使你够仁慈的话,十六年前角鲸部何以溃散?而咱们赤瑁部又如何能称霸海洋?"

"我的巫医,苍生海的先知索术哪!十六年过去了,时代不同了。"蓝帝汗叹了口气,调整着蜥蜴头上沉重的冠带,碧绿色的双眸凝望着海岸边庞大的棚船群,"本汗不再是以前的蓝鲽儿了,不再是赤瑁部籍籍无名的一个汗女了。如今,众多部族尊我为单汗,寄予厚望,期望本汗眺望海风和候鸟,指引潮流和鱼群的去向。本汗,也是时候该学习苍生海的慈悲之心了,况且……"

"伟大的单汗啊,"巫医索术插嘴道,"十六年的岁月对你们雌蜥不算长,然而咱们雄蜥可没几个十六年可以过呢!以你的年龄,是不应该改变这么多的。"

"改变?……索术啊,"蓝帝汗噘起了上唇鳞片,满口白牙上下镶嵌得十分整齐,"十六年前的那一晚,发生了那样的事之后,很多事已经彻底改变了。本汗的确变了,你也变了,然后呢?"她叹了一口气。

"然后……"巫医无法猜测蓝帝汗想说什么。

"十六年前的那件事情假使要掀开鳞片追究起来,是谁的阴谋蒙骗了赤瑁部的所有姊妹蜥蜴?谁的蜥头又该落地呢?"蓝帝汗语气带着威胁,不满的情绪从她嘴角散布开来,碧色的双眼扫向四周护卫,顿时许多双眼睛都恶狠狠地盯着巫医矮小的躯体。

"伟大的蓝帝汗哪,"即使面对众多双敌视的眼神,巫医索术仍面不改色,淡然说道,"真要追究起来,当年轻易上当的又是谁呢?又是谁借着苏喇教巫医的神谕登上族母之位的?又是谁在一瞬间动了邪念,放任了可以阻止的悲剧的发生?你没有阻止,是因为那是天命哪!伟大的单汗,你应当明白,从来没有哪一族游猎民的族母的地位,能不依靠巫医信仰来支撑。苍生海啊,那些站立在我身旁虎视眈眈的族群,是想触动苍生海的雷惩,触犯众怒吗?"

巫医索术虽这么说着,身子却情不自禁地瑟缩。

"索术啊索术,只要本汗愿意,苏喇教的巫医也是可以被游猎民厌恶的!安心地当你的巫医吧,其他事情,本汗裁决就行了。咱们赤瑁部尚有许多巫医,本汗的话应该够清楚才是。"蓝帝汗眼中发出的凶光就像两盏荧烛水母,狠狠地瞪着瘦小的巫医。

"或者你可以试试看。"蓝帝汗加强语气。

"不,伟大的单汗,我只是想提醒你关于十六年前残余的威胁罢了。"索术退缩了,他很明白此刻蓝帝汗的权势。

"你担心得太早了,巫医,她现在还不是游猎民。"

"那么,栾缇哥那不就成气候了吗?有关她的传闻已经遍布在大海洋上了。苍生海呀,难道我们要眼睁睁地看着第二个栾缇哥那崛起吗?"

"哈哈!巫医,不要再穷紧张了。那个博尔兀还不算皇鲟单汗的血族呢!"蓝帝汗纵身跃上一匹无比巨大的蛟龙,"而那个栾缇哥那,就让有关她的传说继续流传几年吧!等鱼苗真正茁壮了,再把它吃了也不迟。"

蓝帝汗继续说道:"胆敢反对我赤瑁部的游猎民部族还多着呢,要让鱼群心悦诚服地跟随,最好的方法就是在她们期许最深的时刻,毁掉最后的希望!让那些反对咱们的部族都聚集到栾缇哥那身边,也省得咱们海底捞珠地仔细盘查。况且……"蓝帝汗勒住缰绳,"假使那雌蜥当真只是个商旅,就让她替咱们赤瑁部散布恩泽吧!"

蓝帝汗转头正要出海,却听见身后众护卫一阵惊呼。

"单汗!箭!"

她凭直觉猛低下头颅,瞬间头顶上的冠饰便被一支羽箭撞得几乎脱落。倘使方才没有低下头,这一箭精准得可以从蓝帝汗颈后冠带的死角刺入头颅。蓝帝汗回头望向沙滩,只见平台上伫立着一个稻橙色的身影,拉满了弓又向这里射来。

第二箭同样迅速有力,卷着强风对准她的眉间袭来。蓝帝汗机警地偏头,一道黑影从她的颈旁飞了过去,尾羽还刮下几块鳞片。

她再张开眼仔细瞧,平台上的射手正是博尔兀。蓝帝汗看到她抽出第三支箭,又搭上了弦。这时已有几名护卫抢上前挡在蓝帝汗前面,许多迅捷的游猎民早已提着矛向博尔兀奔去。

博尔兀嗖的一声放开弦,把跑在最前面的一个雄歌瓦射倒在地,眼见追兵来势甚急,便索性把弓当作木条抽打追来的第二个游猎民,弓弦应声从弦上崩落,她握着弓弦勒着对手的蜥蜴颈子,轭着她向另外几个追兵撞去,再趁势拔出地上护卫的腰刀，大喝一声削断两柄矛杆。

解决了最迫切的危机后，博尔兀拔腿往陆地内部奔逃而去，偶一回头，却发现仍有许多游猎民穷追不舍。她又往前跑了几步，连续几声嗖嗖箭音自她耳际呼啸而过，她面前的沙地上赫然斜插着一排羽箭。

逃不掉了！博尔兀大口喘着气，她站定身躯，缓缓地转过来面对追兵，脑海里却充斥着混沌的幻象，意识有些模糊。

那些追上来的游猎民不论雌雄，个个皆是凝神戒备。有些歌瓦举着矛，更多的搭着弓，她们都停下了脚步不再追击，因为博尔兀此刻根本无路可逃。

与追兵之间还隔着几条尾巴的距离，博尔兀就是想抓一个追兵作为挡箭牌也不可能了。她出神地瞪着游猎民，充满敌意的几十双眼睛也狠狠地紧盯着她，好像正替鲨鱼看守着猎物一般。

鲨鱼是谁？果不出所料，她隐约听到了盔甲相互碰触的撞击声，从平台边缘望过去，蓝帝汗冠带上高耸的雕饰首先起伏着从地平线底下冒出来，然后是蓝帝汗的头颅、穿着华丽盔甲的胸膛以及尾随其后的一干护卫。

蓝帝汗来到博尔兀面前，两名护卫争相抢在前面保护，却遭到蓝帝汗的斥责，退了回去。蓝帝汗若有所思地重新打量了博尔兀一番，接着向后伸出右手，护卫便把一张弓交到她手里。她望着博尔兀，平稳的嗓音有力地问道："为什么？"

"你知道为什么。"博尔兀被团团围住，蓝帝汗又拿着弓箭，她猜测自己恐怕要命丧在此了。如果一切都要在今天结束，那就痛痛快快地结束吧！仇敌近在眼前，愤怒终究还是超越了理智支配着博尔兀。她打定主意：死也要狠狠盯着蓝帝汗的身影，永远记住她的相貌，让怨念化作万世不朽的厉灵！

"你知道为什么！我的母亲、我的祖母、我的族民全都因你而死，蓝帝汗，这还不够吗？"

"那么……"蓝帝汗抽出一支长羽箭搭在弓弦上。她的嘴角泛着笑意，漠然忽视博尔兀的怒视。所有的游猎民都安静下来，她们不再交谈、不再行动，甚至连呼吸都屏住了。单汗处决刺客的画面，恐怕一辈子都会烙在她们的记忆中。

蓝帝汗把弓拉得像一轮满月，弓弦承载着巨大的张力，铮铮的声音随着弓弦扯开，划破四周的宁静。

箭镞冷冷地指着博尔兀眉心的松果眼，她的情绪也随着弓弦缓缓拉开而紧绷起来。蓝帝汗浑身的杀气都凝聚在箭头上，愤怒的气焰排山倒海一般，几乎要淹没了博尔兀的斗志。

博尔兀唯一能做的，就是聆听死神的宣判。她顿时感到一阵战栗，在弓箭的逼迫下，对死亡的恐惧活生生地从阴影中跳了出来，攫取着她仅有的勇气。她再度感受到自己双手的颤抖，感受到手指的酸楚无力。手中的弯刀瞬间显得那么沉重，忽然又变得过于轻巧，焦虑让她几乎丧失了掌控力道强弱的能力，就连双腿也似乎支撑不了躯体的重量，酥软着几乎要跪倒在地。

就要死了吗？这个念头浮现在博尔兀脑中。

她眼睁睁地望着箭头。

就只是望着箭头。

有那么一瞬间，一片空虚占满了她的意识，她仿佛根本不明了弓弦被松开的后果，只是无言、专一地凝望着箭镞，无暇分神思索它代表的意义。事实上，博尔兀看着蓝帝汗拉动弓弦时，早已不知所措，停止了思考。

直到扯满弦的铮铮声刺激着耳鼓，博尔兀才从那虚幻的平静中被唤回现实——面对死亡。

她知道自己将要死了——只要蓝帝汗松开左手，那支羽箭便会贯穿她的眉心，弓箭有多快她是知道的。这时候，反而有股笑意，源源不绝地涌入了她心中。

"迟早都得死的话，能这样狠狠地望着仇敌而死，也算死得轰轰烈烈。蓝帝汗能杀了我，但却永远无法征服我的意志。作为短暂的一世英雌，那也够了！"

博尔兀此刻反而豁然开朗，对于死亡已无所畏惧。她挺直了胸膛，高高举着尾巴，头顶的长棘高耸着，昂然准备领死。

她等待着，等待着蓝帝汗松手的刹那。

她望着蓝帝汗的双眼，忽然感到杀气减去了不少。在她还不能意识过来的瞬间，蓝帝汗松手了。

飞箭挟着狂风暴雨的奔腾气势飞了过来，她连闪躲的时间都没有，就已经听到了断裂声，感受到了撞击的力道，她也被羽箭的惯性拖着向后一仰。

博尔兀默默望着弓弦震荡成椭圆的波幅,眨了眨眼睛,好一会儿才明白发生了什么事情。羽箭若非射偏了,就是一开始便瞄准了博尔兀颅后高耸竖立的长棘——那是歌瓦荣誉的象征。

"还是乖乖地做你的赔钱商旅吧!再见了,博尔兀。"

蓝帝汗威严地凝视了博尔兀一眼,然后转身离开,其余的游猎民也陆续跟着她返回海上。她们对博尔兀的存在毫不在意,就这么放了她,从容地把她留在那里。蓝帝汗自信满满地认为,博尔兀这一次不会再从背后偷袭。

事实上也确实如此。博尔兀伫立在原地,她无法理解蓝帝汗何以愿意再度放过自己。假如她看穿了自己的真实身份,那么她应该痛下杀手啊!

或者,蓝帝汗根本就知道她的身份,而方才那一箭,则是她展现彻底蔑视的手法?为何离去的游猎民们,神情都十分自在,对她这个潜在的危险几乎毫无防备呢?

望着沙地上散落着的长棘碎片,博尔兀有些迷惑,却也有些醒悟。她的肉身没有遭受太多的创伤,然而她的自尊——那股飒然豪气,却在长棘折断的时候,遭到了沉重的打击。

"我还不至于笨到会以卵击石。"她想起一日之前她才自信满满地向鱿勒夸口,结果,她的行为却无异于以卵击石。

屈辱感敲打着内心,她再度望着蓝帝汗离去的背影。她知道这次偷袭的机会更大,然而她却连举起尾巴的力气也没有。长棘的残干无力地贴在颅颈上,她激动得紧紧握着拳头，指爪深深陷入掌中，几乎要刺出血来。博尔兀无力地跪在沙地上，任凭下颌剧烈擦撞着地面，溅起一地泥，擦落许多细鳞。

然而再多肉体上的疼痛，也比不上心里那股锥心的酸楚。于是她在这无名小岛的沙滩上，滴下了第一滴愤怒的、悔恨的白色眼泪……

第三节 / 栾缇哥那 /

"单汗，你终究还是放了她。"巫医索术嘟囔着。

"本汗就是要放了她。"蓝帝汗的碧绿双眼闪耀得像两块翡翠，她侧着头瞄了一眼伏在陆地上的颓丧身影，嘴角撇过自信与傲气。

"唉！"巫医索术长叹道，"只怕第二个栾缇哥那就这样开始茁壮成长了。刚才的事情证明了她的真实身份，为何单汗你总是不愿意趁着鲨鱼还没有从螺旋的卵鞘中孵出来时，就一把捏死它呢？这对你来说毫不费力啊！"

"即使她身上留着皇鲟单汗的血，刚才的挫折也足以毁掉她的志气了。"蓝帝汗说，"而即使她的意志如同皇鲟单汗一般坚决，能克服了这层失败也不要紧。"

"怎么会不要紧？万一她碰上了栾缇哥那，双方连成一气，届时声势更加壮大，对单汗您在海洋上的统治是一种威胁啊！苍生海。"

"哈哈……"蓝帝汗仰天长笑，"巫医索术啊，她们两个即使相遇了，也未必会对本汗构成威胁。她们的目标太过类似，初期或许有可能合作，然而酝酿在内的野心终究会使她们产生矛盾,你认为她们还能合作下去吗?"

"蓝帝汗……你……"

"所以啊,说不定届时替本汗除去栾缇哥那的,就是这个稻橙色鳞片的博尔兀。巫医啊巫医,栾缇哥那,只能有一个啊!"蓝帝汗纵声长笑,跨上了蛟龙,也不等待巫医跟上,便径自向海中游去了……

瘦弱的巫医索术望着蓝帝汗离去的背影,再看看身后倒地的博尔兀,内心也是百感交集。良久,他抬头仰望苍天,然后又是一声长叹。

"苍生海啊,常熟天哪!难道皇鲟单汗的血脉不该断绝吗?事隔十六年,海风和洋流又要改变方向了吗?难道这是蓝帝汗与我们的命运?你的子民选择这条航线,原本就是这么安排的?"

不安缠绕着索术的内心,那是与占卜结果恰恰相反的结局啊。难道卜问吉凶的诚心,也跟着自己这十六年来内心的歪斜而失去了平衡?

巫医索术只能苦笑两声。苍生海的神谕和意旨,即使是苏喇教的巫医,也总还有无法参悟的部分存在着。他回忆起巫医长辈曾经告诫过的话语:"不要妄想试探海洋的辽阔和天空的宽广,那是办不到的。咱们的天命是早就安排好的,该是巫医的命运,你一辈子也逃不掉,该是游猎民的就是游猎民,该成为单汗的就会成为单汗,就像咱们眉间的第三只眼只能感受阳光,却不能视物,苍生海冥冥中的旨意,无论如何都是抵挡不了的。"

当年索术就这么坚信着卜问后的神谕,把雄歌瓦原本就不长的生命奉献给了蓝帝汗。海与苍天的神灵是不会错的！海洋的子民都信这一套，连他自己也深信不疑，每个游猎民的宿命都是苍生海、常熟天的抉择——谁能活多久，什么时候死，该发生的总会发生。

所以，活在海洋上一天，能做什么就放手去做吧！宿命不能违抗，能够让自己耀眼地活一天是一天。索术见识过无数烧杀掳掠，见识过皇鲟单汗的败亡——那是他虔诚地相信，也竭力按照神谕所策划的天命。

万物的神灵在龟甲上刻画着卜纹，撷利阿舍应当战死，但是撷利阿舍的庶女会成为蓝帝汗，那是不能违抗的天命。索术始终坚信，赤瑁部的游猎民也毫不怀疑，所以他带着野心勃勃的蓝鲽儿鼓动游猎民，不顾当时族母撷利阿舍的安危强行夜袭角鲸部。

结果正如占卜所示，皇鲟单汗败亡了，蓝鲽儿被拥戴为新任族母，声势日益壮大，最后当上了数十个部族共同的盟主：蓝帝汗。

苍生海是这么安排的，结局也是如此，十六年来一向如此。蓝帝汗依靠着巫医的威信建立权势；索术耗尽心力，义无反顾地扶植蓝帝汗。不知不觉他也五十岁了，这对雄蜥而言是个风中残烛的年龄。然而蓝帝汗才四十二岁，那是雌蜥才要开始辉煌的年纪，未来蓝帝汗还有百多年的岁月能够闯荡，他的生命却所剩无几了。

这就是命运啊！短寿的雄歌瓦唯一奢求的、拼命想要争取的，不就是趁还活着的时候，发出太阳般灿烂的光芒吗？只要蓝帝汗在往后漫长的百年岁月中，会怀念年轻时有个巫医曾帮助自己达到巅峰；只要那些雌游猎民多年后讲述往事给第三任甚至第四任丈夫听时，脑中还记得有个雄巫医只要喊叫着箴言就能够轻易驯服蛟龙，这辈子就算不白活了吧！

更年轻的雄蜥们竭力去取悦蓝帝汗，他亲身调教出来的苏喇教巫医也不顾谆谆教诲的恩情，为了博得蓝帝汗的宠信不惜与他结怨。他们不也是想在短暂的生命中留下一点值得追忆的东西吗？为数众多的雄歌瓦们，即使体力远不及他们的雌蜥妻女，却还争相拿着长矛抢在前方战斗，为的不就是在许多年以后，妻子怀抱着继任丈夫时，脑海里还能记起曾经为她牺牲奉献的雄歌瓦吗？

身为雄歌瓦，命运是如此的沉重，又是如此的微不足道，以至于挣扎着也想让自己发出一点光——即使只是流星般的灿烂也好啊！能抱怨吗？天命打从蛋被产下来时就已经注定了啊！他既不能更改，也无法抵抗，只能默默地接受这残酷的规律。

他望着博尔兀，一种异样的念头突然兴起。

"现在蓝帝汗或许会恨我，但是最终她会感谢我。"

所以即使粉身碎骨，即使沦落到被舍弃，索术还是打定主意要为蓝帝汗奉献生命。他收起了气馁，回头望着博尔兀，望着皇鉧单汗的后裔，决定为自己做些什么，也为蓝帝汗做些什么。

巫医索术把视线移到了自己坐骑上拴着的那张弩上，那是蓝帝汗从陆上的人类那里抢来的、能够弥补雄歌瓦臂力不足这个缺点的射击武器……

博尔兀沉浸在悲戚颓丧之中，她的头颅无力地贴着沙滩，但她还是听到了向这里走来的脚步声。

她抬起头，发现一个瘦小的雄蜥伫立在眼前。定神一看，认出是蓝帝汗身边的那个巫医。他披着袍服，拿着弩指向自己。

巫医的眼神很沉着，很冰冷，眼里的凶光或许没有蓝帝汗那么气势惊人，然而藏在深邃眼眸中的决心却令博尔兀不寒而栗。

这个巫医，是抱着必死的决心来的！

博尔兀从他的眼神中看到了燃烧着的生命——不计后果剧烈燃烧着的生命，就算已是满盆余烬，也要毫不犹豫地添上最后一根薪柴，只为了增加最后一点光亮。

她凝视着巫医的身影，缓缓坐起身，眼角扫视着周围，搜寻着还有什么能用的器物。

"不用找了，没用的。"那巫医洞察了她的意图，拿着弩指着博尔兀的脑袋，"弩箭远比什么都快，挣扎也无济于事。流着皇姆单汗血液的歌瓦啊，我也是你的仇敌之一。"

"仇敌？"博尔兀眼睛里闪过了疑惑。

"十六年前的事情，你还不是很清楚，今天你是肯定死在这里了，因此知不知道意义也不大。"

巫医索术把弩举得直挺挺的，再次对准了博尔兀。他只想尽快完成这件事，不想再节外生枝。他不会蠢到在此时激发博尔兀内心的恨意，因为那是在冒险；此外，对于死期将至的博尔兀来说，能够平静地死去，内心没有怨念，也是苍生海的一种仁慈。

巫医索术不愿给博尔兀任何反应的时间，扳机上的手指就要扣下去，这时却听得一声凄厉的鸣啸声向这里奔驰而来，接着血花飞溅，巫医索术的颈子被一支响箭贯穿。博尔兀见机不可失，猛然向巫医扑了过去，打飞了他手中的弩。

一阵天旋地转之后，博尔兀揪着巫医的襟领，想要逼问些当年的事，却发现巫医的瞳孔张得大大的，嘴里喃喃说着含糊不清的言语，接着就断了气。

她只好泄气地把巫医的尸体搁在地上，没想到却又听见另一串奔跑着的脚步声。她顿时警惕心大起，抬起头，见到一个方额阔颅的蓝鳞歌瓦正朝这边奔来。

那个歌瓦披着海潮般蔚蓝色的鳞片，颈后竖立着黄褐色长棘，提着一张弓，背着一筒箭来到博尔兀身边，低头检视着巫医的尸体。片刻后喃喃自语道："糟了，这支箭射得太深，看来是废了，幸好镞头和尾羽还能用。"蓝鳞歌瓦手里转眼间就多了把短刀，利落地切下箭头和尾部的箭羽。

然后她看见巫医遗落在地上的那张弩，转过头打量着博尔兀，笑着朗声说道："这赤瑁部的巫医是我杀的，也顺道救了你一命，这张弩我想带给海穹庐里的幼弟防身，你不介意吧？"

那蓝鳞歌瓦的声音粗犷中带着高昂,豪爽比起蓝帝汗有过之而无不及。她的眼珠子是亮丽的橘色,就像正午的阳光那么开朗热烈。

"悉听尊便,比起这条命,一张弩的酬谢不算什么,尽管拿去吧。"

"这个雄歌瓦可是赤瑁部里声名显赫的苏喇教巫医哪,要不是他为了杀你而独自留在沙丘上,我还找不到他落单的机会。我也得感谢你呢!"

"快别这么说。"博尔兀神情也开朗起来,"我舍命让你有机会袭击这巫医,你杀死巫医却也救了我一命,就算咱们两不相欠怎么样?"

"好!你大难不死,也算是命中注定的,咱们就两不相欠。"两个雌歌瓦不禁相视大笑。

"不过,这位姊妹,在下有个疑问,"蓝鳞歌瓦望着博尔兀问道,"这个巫医素来谨慎,能迫使他亲自来杀你,一定有什么理由吧?敢问姊妹是哪个部族的?"

"我是……角鲸部的残众。"

"角鲸部啊!"蓝鳞歌瓦听到这个部族,也显得有些惊讶,"角鲸部自从皇鲟单汗死了之后,整个部的游猎民不都依附到赤瑁部的旗下了吗?"

"总有些缅怀皇鲟单汗的恩泽而不愿跟随蓝帝汗的歌瓦,我就是这样的。"

"是吗?这位姊妹,我总觉得你虽然流着属于海洋的血,但是身上却闻得到陆地上的气息,闻得到深耕泥土的芬芳,闻得到麦田和稻草的味道!你不是游猎民吧?"

"不尽然是。你说得没错,我被族里的长辈带到陆地上,是在那里长大的,还不能算是游猎民。"博尔兀犹豫着是否该把真相告诉这个陌生的歌瓦。

岸边这时又传来几声蛟龙的低吼鸣啸,原来蓝鳞歌瓦方才射出的响箭,吸引了几个游猎民骑着蛟龙过来巡视。她们都知道此地不宜久留。

"追兵来了,咱们就此别过吧,这位姊妹,敢问你的名字是?"蓝鳞歌瓦情急之下匆匆问道。

"我叫博尔兀。"

"博尔兀,这个名字很好听,我记住了。"蓝鳞歌瓦笑道,"我叫栾缇哥那,也跟赤瑂部结过仇。在海洋上碰见游猎民的时候,记得别提我的名字,那会招致杀身之祸的。"

"栾缇……哥那?"

"对,我同你很相似,是黑鲔部的族母残众。再见了,博尔兀,如果命运这么安排的话,我们还有再见面的机会。"

追兵的身影已经出现在视线范围内,栾缇哥那迅捷地朝反方向跑去,一跃跳入布满礁岩的海中潜逃而去。博尔兀这时也无暇顾及栾缇哥那的安危,她奔入岛屿上的密林,费了好一阵工夫才摆脱了追兵。

她把脑袋贴着地上的羊齿蕨,侦测追兵的方向。对于今天的际遇,心中也不禁有了微妙的感觉。

"再见了,博尔兀。"她不禁喃喃自语着这句话。蓝帝汗与栾缇哥那都对她说过这句话,然而对她的影响却截然不同。这句话从蓝帝汗口中说出时,博尔兀几乎丧失了所有的斗志,颓态侵蚀着自尊;然而栾缇哥那口中的这句话,却是那么朝气蓬勃,充满希望。

"再见了,博尔兀。"她又重复了一次。博尔兀有种预感,蓝帝汗与栾缇哥那这两个今天遇见的游猎民,日后必定伴随着她的命运浪潮起伏。

夜深后,她逃离那座小岛,回到丹顶额图真居住的岬角。她攀到岬角高耸的岩壁顶端,望着月光照耀下朦胧的海潮,聆听着热带海洋的呼喊。

额图真从底下路过,问道:"博尔兀,今天吃饭了没?倘使没有的话,今天我同这个岛的居民去挖了些鲜蚌回来,就扔在潟湖边,拿几个烤来吃吧!"额图真停下脚步,等待着博尔兀的回答。

"嗯,谢谢。"博尔兀说道,"晚一些吧,我现在还不饿。对了,额图真,明天我要骑雷云出海去,先通知你一声。"

"看来你找到中意的蛟龙了?"额图真带着几分雀跃问道,"有雷云那么大吗?吼声够威猛低沉吗?需不需要我帮忙啊?你应该还不知道驯服蛟龙的方法呢,趁着鱿勒不在,我先教你吧……"额图真的急性子过多久都不会变,说起话来就像潮水般滔滔不绝。

"额图真伯母,"博尔兀终于忍不住打断额图真,"我很感谢你的关心,但是这一次,我希望依靠自己的力量完成这件事。这是我和鱿勒之间的约定。"

"好,有骨气,不愧是皇鲟单汗的后继者!我额图真期待你的好消息。"

额图真嘴里虽然这么说,但是眼中的失落却逃不过博尔兀敏锐的眼睛。她明白这位皇鲟单汗的遗臣对自己的期望有多大,她也背负着这期望所带来的巨大压力。

"想好那条蛟龙叫什么名字了吗?"

"或许叫做翡翠吧。"

额图真回石屋里去了。博尔兀没有把这一天半所发生的事情告诉她,而是让这段思绪徘徊在脑海里。她回忆着蓝帝汗的身影和霸气,回忆着那个不知名的巫医决绝的神情,回忆着栾缇哥那豪气而开朗的个性。经历这些事件之后,博尔兀坐在岩壁上,听着海潮,静静地反省。

一年多以来,历练是有的,然而博尔兀却总觉得不够踏实。她觉得自己从来没有独立完成过一件事情,旅途中多半是鱿勒在教导和照料她,即使到了白沙岛,她也仍然依附在额图真所建立的石屋堡垒中,骑的是额图真的蛟龙,吃的是额图真捉回来的鱼。

她不至于轻率幼稚到忽视鱿勒和额图真悉心照料她的苦心,但是她却不希望自己的生涯就这么被安排好了。熟悉海上生活、成为浪客、招集角鲸部残众、攻打蓝帝汗、一统海洋,每一步都早已被安排好,自己这个流着皇鲟单汗血液的歌瓦只是去完成。博尔兀并不想踏上额图真为她铺好的道路,这样过一辈子没有意义。

"你不高兴也没用,那是命!"假使提出来跟鱿勒她们讨论,她们一定会这么说的。海洋游猎民认定命运是打从一生下来就注定的,是苍生海、常熟天无形中的默契,但是博尔兀并不这么认为,陆地上的多神教信仰多少对她的思想有些影响。

因此,一股深沉而坚定的信念慢慢地在她脑海中萦绕,一种豪情壮志也在她的胸口缓缓酝酿着……

第四章
托答

巫医加尔答："征服了七个海洋的汗哪！我伟大的汗哪！看哪，丰饶翠绿的瓦尔大陆就在岸边，只要您的三叉戟轻轻一指，数以万计的游猎民战士就会像潮水那样涌上陆地，永不落日的海洋帝国便又多了块疆域。汗哪！木里华汗哪！这是最后一块未征伐过的陆地。汗哪！请你下令进攻罢！让藐视海洋的农耕者迎接苍生海的愤怒罢！"

木里华汗："我的巫医啊，我海洋的千万个战士，千万个女儿和儿子啊！你们的尾巴同我游过了七面海洋，征服了无数岛屿城邦，海岸与沙滩就是我的疆界，只要我的三叉戟所指之处，没一处不是残破的，即使陆地上的骑士，也抵挡不住你们的弓箭和弯刀，在伟大宽广的海洋面前，他们只能够选择低头。"

——间奏第 2856 号 "咏叹与追忆"

和声第一部:"木里华汗!海洋与陆地的征服者!领导我们前进,领导我们前进,前进!前进!前进!"

和声第二部:"木里华汗!洋流与海风的掌舵者!带领我们征服,带领我们征服,征服!征服!征服!"

木里华汗:"眼前苍翠的大陆,可以转眼化为灰烬,可是,我的巫医啊!我的民啊!这是我托答的故乡,是我不能攻打、不能毁弃的啊!那是因为,我亲口答应托答的啊!答应我那黄鳞片、紫眼睛、拿着紫晶双剑的托答啊!"

——交响剧·《蓝祸》

第一节 /寄居蟹与椰子蟹/

翌日,博尔兀骑着蛟龙雷云出海,来到她发现理想坐骑的海域。很快她便找到那匹背上有褐绿色斑块的蛟龙,博尔兀骑着雷云靠了过去,以便能更清楚地观察那匹蛟龙。

那蛟龙大小约和雷云相当,比一般蛟龙还长些,体格不似雷云纤细优雅,尾巴更加粗壮,摆起尾来的泳速可能更胜雷云一筹。博尔兀思索着:雷云颈上载着自己这个增加阻力的累赘,想要在疾驰之中灵活地追着蛟龙左躲右闪,恐怕不是一件容易的事。

她想起那晚看到的赤瑁部游猎民驯服蛟龙的情景,觉得夜晚是蛟龙休息的时间,活动力和警觉性都没有那么强,所以才让游猎民轻易得手。博尔兀打定主意，先回石屋好好休息，养精蓄锐，等夜深时再出海找那匹蛟龙。

如何独自把蛟龙困住，恐怕是整个驯服过程中最大的困难。她没有游猎民齐全的驯服船队和训练有素的驱赶者，能够使用的只有渔网、标枪等简单工具，要如何才能在不伤到蛟龙的情况下困住它们？这个问题占据了博尔兀回程时的大半思绪。

突然，她听见左侧响起了厮杀的呐喊声。她顺着声音望过去，看到海平面上有一个黑影在前面奔驰着，后面跟随着十余个黑影。博尔兀兴致一起，也想跟着查看是怎么回事。不过顾虑到前天发生的事，她不敢掉以轻心，将弓握在右手之后，才扯着缰绳向左游去。

终于可以辨认出位于前方的是个骑蛟龙的海骑，后方的那些显然也是。不过蛟龙的素质明显有落差，追逐持续了一段时间之后，有几匹追兵的距离逐渐被拉开来，她们最终放弃，拉缰返航。余下的三匹海骑紧咬着前方海骑的尾巴，穷追不舍。

追逐者和被追逐者的影子在她眼前拖出一条直线，博尔兀起先朝着她们奔驰，想从中拦截，但是那些海骑也正疾速飞奔，因此到后来演变成博尔兀在海面上勾勒出一个圆弧，追着这些海骑的后方赶上去。这时她才明了雷云是一匹多么优秀的蛟龙坐骑，因为博尔兀发现，自己正逐渐赶上前方的三名追兵，甚至连她们的背影也瞧得一清二楚。三名海骑都提着弓箭，她们从箭筒里抽出了箭，搭在弦上。她们全都是标准的游猎民打扮。

再往前望，她隐约看到最前方的海骑似乎披着一身潮蓝的鳞片，头顶上显眼的黄褐色长棘在阳光的照耀下显得金碧辉煌。她也提着一张弓，反身把弓拉得满满的，瞄准了其中一名追兵。这时博尔兀看得更清楚了，那个蓝鳞歌瓦的脸孔方额宽颐，曾经令她印象深刻。

"栾缇哥那！"博尔兀内心一凛。

就在她认出栾缇哥那的瞬间，栾缇哥那忽然头一偏，一支羽箭立即从她的头旁窜过，擦过她的颈，然后又掠过博尔兀的视野。她顺着箭来的方向，看到了弓弦弹振的残影，为首的那个海骑依旧立着弓，正要抽出第二支箭。更远处的第二个海骑也在此时松开了弦。博尔兀再望向栾缇哥那，只见她优雅地倾着身子，几乎让手臂贴近海面，又躲过了这一箭，接着栾缇哥那维持闪躲的身子从容地仰下，跟着射出一箭。

第三名海骑的颈子上插着羽箭，她无力地松开弦，失去焦点的箭率先窜入海中，跟着弓也落入，最后是她。博尔兀这时看得很清楚：第三个海骑的箭，是瞄准自己的。

栾缇哥那又救了她一次！

博尔兀分不清楚是愤怒还是纯粹的狂热，这一刻她的身体早已不自觉地融入了战斗的节奏当中。她左手握着羽箭搭上弦，在蛟龙的颈背上专心瞄准敌人。她能在站立时百步穿杨，但是却从没有在剧烈起伏的浪潮中、左右摇摆着的蛟龙颈背上射箭的经验。

这是博尔兀初次尝试游猎民的骑射法。浪潮的涨落和蛟龙躯体的摆动是影响瞄准的干扰因素，海面上的风更加影响她的判断。博尔兀试图让自己去熟悉这些干扰源，期望能在诸多要素中找到平衡点。

但是她始终找不到，紧绷着的弓弦要在海上维持平稳力道更是不容易。这时又一个海骑转过身来，拉开了弓。情急之下，一股莫名的直觉突然涌入博尔兀的脑中。

"凭感觉！"博尔兀直觉地松开弦，羽箭就这么射穿了海骑的脑袋瓜儿。

是偶然吗？这个疑问从她的心底升起的同时，她的心却雀跃着。

她望见栾缇哥那正与最后一名海骑对峙着，双方各自拉开了弓瞄准对方。两匹蛟龙扯着相同半径，在水花与泡沫所绕成的圆弧轨迹上彼此追逐。博尔兀一心想帮助栾缇哥那，加上方才命中那名海骑带来的信心，让她毫不犹豫地瞄准最后一名海骑，算准了海骑的动向，凭空飞出一箭。

然而羽箭并未命中目标，而是从海骑肩后掠过。即使如此，这突如其来的袭击也让海骑乱了方寸，不但羽箭失去了准心，而且不自觉地松开了弓弦，让羽箭毫无目标地坠入海中。

海骑慌乱中伸手想再抽出一支箭，栾缇哥那却好整以暇地瞄准海骑，嘴角微微勾起，露出一丝自信的轻笑，紧跟着一箭射中海骑的右肩。海骑因这重创而跌入海中。

栾缇哥那驾着蛟龙，俯身拾起了漂浮在海面上的弓箭。她来到海骑跟前，望着海骑按着右肩的痛苦模样,朗声说道:"血,很快便会扩散开来,只需一滴,不久后便会有鲨鱼来①。加入我,或是死?"

那海骑伤痛难忍,却瞪着双眼怒斥道:"谁要做已溃灭的黑鲔部残众?栾缇哥那,你杀了我吧!我宁愿让鲨鱼的利牙割碎了吞下肚,也决不投靠你。"

栾缇哥那见到她那气愤填膺的模样,再度朗声笑道:"好!好!不畏死者,绝不背弃部族的忠诚者,我欣赏你!"

她指着海骑的蛟龙,说道:"你走吧!帮我带个话给你的族母旗勒忽兰,告诉她别再当赤瑁部这恶鲨身边的奉承印鱼②,你们黄领部有自己的洋流和海风,那不是蓝帝汗所能掌控的!"

海骑咬着牙游向蛟龙,使劲翻上蛟龙,含恨说道:"看不清楚潮流和风向的是你!栾缇哥那,这个海洋有半数游猎民都归属在赤瑁部之下,单凭你这黑鲔部的残众,是无法对抗十三部族所共同推举的蓝帝汗的!那就像只小小磷虾妄想吞下蓝鲸那么狂妄。黑色信天翁的影子已经盘旋在你的头上,苍生海也嘲笑着你的不自量力。服膺于蓝帝汗,这才是海洋上的铁则!"

----

①鲨鱼对于血液的嗅觉极其敏锐,一滴血液即使在海水中稀释了几亿倍,鲨鱼仍然能够在短时间内察觉到。

②印鱼头顶皮肤进化成吸盘构造,能贴附在鲸、鲛等大型海洋生物的体表,借此获得它们捕食后的食物残块。海洋游猎民便以印鱼隐喻那些趋炎附势的不肖歌瓦。

"铁则？或许吧。"栾缇哥那依旧笑道，"但别忘了，还有半数游猎民尚未臣服在赤珺部笨重的龟壳底下。你叫什么名字？"

"我是黄颔部的阔出台。栾缇哥那，你会后悔今天放了我的！"

博尔兀听着栾缇哥那与阔出台的对话，突然看见从她们身后的海平面上出现众多黑点，才想起方才那些调转蛟龙离去的海骑。说不定这些黑点群正是试图迂回前来的黄颔部海骑们，于是高呼道："追兵来了，栾缇哥那！"说罢扯起缰绳，就要驾着雷云离去。

栾缇哥那也望见了黑影，她转过头对阔出台说："一切都是苍生海的决定，没有所谓的后悔与不后悔！你走吧！剩下的蛟龙，我就接收了。"而后她又好像想起了什么，说道，"把我的话告诉旗勒忽兰！切记。"

她追上那两匹失去驾驶者的蛟龙，分别牵着它们的缰绳，口中念着苍生海的箴言："～～～～～～～～～。"

两匹蛟龙于是安静地跟随着栾缇哥那的坐骑，和博尔兀一起扬长而去。

"哈哈，你是博尔兀吧，分别不过一日，便又撞见你，看来天命注定你我都得落在对方旅途上呢！方才要不是半途杀进你这个助手，恐怕今日我栾缇哥那没那么容易应付这三个黄颔部的喽啰！"

"不敢，不敢！"博尔兀一时豪气大起，纵声笑道，"上回若非你一箭射穿了那个赤珺部巫医的颈子，哪会有今日的博尔兀呢？栾缇哥那姊妹，咱们就别客气了吧！"

"好！好个不用客气！咱们一命抵一命，的确也不用客气。"栾缇哥那瞪着橘红色的眼珠说道，"刚才的第一箭，看得出你的准头不赖，至于第二箭则可看出你欠缺骑射的经验。"

"你果然眼光锐利，这是我第一次在蛟龙背颈上射箭呢。"

栾缇哥那笑道："第一次在蛟龙背颈上射箭便能够正中目标，你也的确厉害得紧了。"

"运气好罢了，不像姐姐能百步穿杨，仰着身子都能射穿对方的喉咙，那才是真正的厉害呢！"博尔兀谦逊道。

"哈哈，那算不上什么，凭你的身手，只要多适应海浪的节奏和海风的偏差，自然会知道什么时机该放箭。射箭靠天分，我也教不来你，不过看你的资质，应当不是什么难事。"

鱿勒在陆地上教导博尔兀射箭时，曾经向她说过几个诀窍，现在栾缇哥那说射箭教不得，得自己摸索，却也颇有几分道理。海上波浪起伏，蛟龙又不时左右摇摆，绝非陆地上那么平稳。面对变动的自身，变动的目标，唯有熟悉海面的细微变化，才能练就敏锐的预感，在恰到好处的顷刻间出手。鱿勒说游猎民个个皆是骑射好手，恐怕便是多年艰辛生活磨炼出来的。这种箭术，倒也真是教不得！

远离追击者后，两个逃难者随便选了一处小屿，将蛟龙拴在岸边，径自上岸去休息。岸上长着几棵椰子树,周围都是茂密的热带植被。她们把绳索系在箭尾,射中椰子后便用绳索扯下来,又顺道捉了几只巴掌大的椰子蟹③,随便生堆火烤椰子蟹。她们喝着椰子清凉解渴的汁液,顿时感到浑身清凉无比。

临时搭建的火堆因投入许多潮湿植茎作为燃料而泛着白烟,火也没那么旺。栾缇哥那用箭杆穿透椰子蟹坚硬的外壳,拿在火堆上烤着。

"博尔兀,你见过寄居蟹吗?"栾缇哥那看着手中的椰子蟹问道。

"寄居蟹,我想我见过。它们总喜欢把身子缩在贝壳里面,只露着似虾又似蟹的头和螯脚在外面,成天在潮池里爬来爬去的,也不知在找些什么。白沙岛上的小蜥儿们挺喜欢这些小东西。"博尔兀凭着印象讲述。

"没错,那就是寄居蟹。"栾缇哥那说,"在黑鲔部还没被灭之前,当我还是个小蜥的时候,有年冬天经过这个热带海岸附近的岛屿,同部族里的小蜥玩伴一起捉了些寄居蟹玩耍,一时兴起,便把寄居蟹放在火上烤,结果你猜怎么着了?"

"怎么着了?把寄居蟹烤熟了吃了不成?可是那也没多少肉啊。莫非那寄居蟹从壳里爬了出来?"

------

③椰子蟹属于节肢动物门甲壳纲,是众多寄居蟹的近缘种,它们脆弱的尾部上附有甲壳,因此不需要像寄居蟹那样藏身贝壳中。椰子蟹体型较大,肉质鲜美,以往是海洋游猎民喜爱的一项野食,近来由于滥捕,已被列入保护类动物名单中。

"没错,你倒是挺会猜的嘛。"栾缇哥那笑道,"寄居蟹受了火攻,玩命似的从滚烫的螺壳里钻了出来,身后拖着一条跟它那坚硬头部和螯肢很不协调的细小尾巴。"

栾缇哥那用小树枝在沙地上画了那尾巴的样子,模样跟辣椒有些类似。

"我的朋友用爪子捏碎了那条小尾巴,结果寄居蟹就死了……"

博尔兀看着栾缇哥那说话的身影,看着她像只天真的小蜥般诉说过往,很难将她和方才一箭杀死黄颔部游猎民的战士联想在一起。这个潮蓝色鳞片的歌瓦只是在追忆灭族前的生活,还是正在暗示着什么?

"后来,我们又把其他寄居蟹用火熏了出来,把壳放在不远处。结果所有的寄居蟹都想赶忙爬回壳里面,其中有些寄居蟹,还为了争夺一个较大的螺壳而挥舞着螯打架呢!后来我们索性把那些贝壳都丢到海中,没过了多久,那些寄居蟹就全死光了。"栾缇哥那的神情有些落寞。

"看来,寄居蟹也有像咱们歌瓦的一面呢!为了争夺贝壳杀得你死我活,结果贝壳被你们一丢,就什么都得不到了。"博尔兀有感而发。

这随口一句话听在栾缇哥那的耳朵里,却别有一番滋味,她露出了凄楚的表情:"博尔兀,你不觉得,寄居蟹和贝壳之间的关系,就好像咱们游猎民和部族之间的关系吗?"

望着栾缇哥那的橙色眼睛,博尔兀不知该说些什么。

"咱们海洋游猎民就好像是寄居蟹,而部族就是用来保护脆弱尾巴的坚固贝壳,我们都把自己的弱点藏匿在部族这个壳底下,猛烈向外挥舞着螯剪袭击敌人。然而,失去了部族的支持和保护,我们就如同把最脆弱的部分暴露在外一样,会被轻易捏个粉碎……"

栾缇哥那抓起一把沙,让它从指缝中慢慢漏掉,一点一滴,却很快速地流失掉。这时即使博尔兀再怎么迟钝,也已经知道栾缇哥那正在诉说黑鲔部灭亡的故事。

"寄居蟹们看到了最好最大的壳,都拼着命想抢过来住进去,这是万物的天性吧,游猎民又何尝不是如此?黑鲔部的族民见到了赤瑁部的强盛,于是都轭着蛟龙,让巨鱿鱼拖着海穹庐前去依附了,那是因为,栾缇这个姓氏在死了族母后,只剩下了残破的贝壳,远远比不上赤瑁部的贝壳洁白而优雅啊……"

椰子蟹烤熟了,赤红甲壳中溢出了香甜的气味,她们将手上那只掰开,用指爪抠掉鳃之后,享用着鲜美细嫩的蟹肉。

椰子蟹虽好吃,但博尔兀还在思考着寄居蟹的问题。在她低头沉思的时候,又听到了栾缇哥那的声音:"最初几年,日子是很难过的,我们家失去族民的援护,孤零零地漂泊在汪洋之中,找不着方向,也不知道该怎么办。遇到了追击的仇敌,也只能不停地逃,不分白天黑夜,不管风暴是否就在眼前,好像整个海洋都在追杀着我们一家;又好像潜得太深,见不到海面上的光亮。我们的眼前只剩下一片黑暗,分不清上下左右,找不到呼吸换气的方向,就连那最后一丝希望的曙光,也被轻易地抹掉了……"

听着她的话,博尔兀口中的鲜美泛起了些微苦涩,心中也同样五味杂陈。她们都是溃灭部族的残众,两者的心境和经历却有如天壤之别。

栾缇哥那在幼年时亲眼见到部族灭亡,也亲身体验了游猎民的残酷,认清了海洋的铁律;而博尔兀虽在灭族的当晚破壳而出,却辗转来到陆地上成长,从未经历过重大挫折,就连故族被灭亡的事情,也是听鱿勒转述的。

她对灭族之痛毫无体验,如今又要以什么样的心态回去集结、领导角鲸部的残众呢?光是拿着三叉戟,声称自己是皇姆单汗的孙女,就能冠冕堂皇地开始霸业?博尔兀只觉得那仿佛是一件永不可能实现的事情,就像人类的语言里的"白日做梦"——虽然博尔兀的蜥蜴血统从未让她体会过"做梦"的感觉④。

"直到有一天……"咬着椰子蟹的肉,栾缇哥那突然又开口了,"我再次来到这个热带海域。"她指着地上一只还没烤过的椰子蟹,"你不觉得,椰子蟹跟寄居蟹很像?"

博尔兀低头凝视,果然发现椰子蟹的前半部几乎跟寄居蟹长得一模一样。不同之处在于,椰子蟹躯体庞大,后半身并没有缩在贝壳里,而是硬化成甲壳状,得以威武横行。

"就如你所见,"栾缇哥那说道,"或许很久以前,有一只寄居蟹失去了它所

---

④蜥蜴从睡眠中清醒时并不会有快速眼球转动(做梦)的现象,也因此由蜥蜴演化而来的歌瓦并不会做梦。

依赖的壳,露出了那条脆弱的尾巴,但是那只寄居蟹并没有屈服于困难和挑战,而是活了下来,身躯变得更健壮勇猛,那脆弱的尾巴也在沧桑折磨中变得坚硬无比。那是苍生海无形中的旨意,于是它不再需要贝壳来保护自己的弱点,虽然它还要继续孤独地奋战,但是再也没有任何绝望、任何畏惧能够威胁得了它了!"

栾缇哥那颅颈上的长棘竖了起来,她的橙色双眼冒出金色光芒,潮蓝色鳞片绽放着健康的神采。博尔兀知道,那是她的心路历程,也是她的过去。栾缇哥那不再是一只孱弱的寄居蟹,不再需要依附着游猎民部族,现在她是一只坚强无比的椰子蟹。

所以,她才会带自己来这里烤椰子蟹吃?

栾缇哥那的用意究竟何在?她需要对自己这个只有一面之缘的歌瓦这么热情吗?这些疑问虽然曾经浮现过,但博尔兀宁愿相信这是海洋游猎民与生俱来的开朗豪爽的天性使然。虽然只相处了短短一段时间,但她也知道栾缇哥那并非毫无心机的歌瓦,不知怎地她却完全忽视了那些判断产生的警告,她想去信任栾缇哥那。

"多吃些吧,很鲜的。"栾缇哥那串起另外两只椰子蟹,"啪"的一声折断手中的蟹螯。那红色甲壳碎片里头的雪白蟹肉飘着香味,令她忍不住又吃了一口。

在椰子蟹和椰子汁的伴随下,博尔兀问起了栾缇哥那被黄颌部游猎民追杀的经过,也顺便问起了她的身世。原来黄颌部的族母旗勒忽兰早年曾和黑鲔部的族母、即栾缇哥那的曾祖母栾缇孤勒有过盟约,然而旗勒忽兰却在黑鲔部最艰难的时候背弃了栾缇哥那一家。许多黑鲔部的游猎民跟了黄颌部,也有一些被赤瑁部带走,其中甚至有许多拥有"栾缇"姓氏的歌瓦……

第二节 / 追逐背后的沉着 /

栾缇哥那在十一岁那年失去了曾祖母、祖母、母亲以及家族中众多雌性歌瓦。被黄颌部的族民抛弃后,她的父亲和两个继父自此扛下了养育十二个小蜥的责任,一家人靠着三个成年雄歌瓦微薄的力气捕些鱼勉强糊口,还得随时迁移以躲避其他部族的追杀。即便如此,还是有一个继父和五个姊妹兄弟被仇敌杀死了。

最困顿的那年夏天,她们曾被仇敌逼到极北的冰洋躲藏,连一匹蛟龙和巨鱿也没有,仅有的两顶海穹庐也残破不堪。就在这艰难的时刻,强大的飓风从南方海域席卷而来,白昼的天空也变得像黑夜一般阴沉幽暗,海风里的空气凝重到几乎令她们窒息。鱼群和海豚也消失了,远处轰隆巨响的雷声很快便降临到海穹庐上方的海面上。

她们挤在海穹庐里面不知所措,只知道周围尽是闪烁不定的雷光,即使海穹庐处在较为安稳的海面以下,也仍被飓风掀起的滔天巨浪带着起伏,摇晃不定。其中一顶海穹庐承受不住水流的撕扯破碎了,栾缇哥那携着两位弟弟浸在冰冷如刀割的极地海水里，几乎就要丧失了意识。他们费尽千辛万苦，才被另一顶海穹庐内的亲属搭救。当栾缇哥那意识稍微清醒一些的时候，她看见父亲拥着所有姊妹兄弟，安慰着那些年幼歌瓦。

"安缅、答禄、巴特冽、海牙、吾尔辛，你们仔细听我说，伟大的苍生海如果注定要咱们栾缇一家、要黑鲔部在这冰冷的海水中凋零，那么怎么躲也躲不过的！别怕，蜥儿们，一切都是命。如果你们的长姊哥那还能醒过来，那便是我们命不该绝，即使愤怒的雷神就显现在我们身旁，冰冷的海水就像鲨鱼的利牙切咬进来，苍生海与常熟天也不会抛弃我们……"

听到这句话的栾缇哥那猛然睁开双眼，试图起身鼓舞她的父亲姊妹。就在这时，她们周围的雷电突然间全都消失无踪，紧跟着一片漆黑遮住了整个海穹庐的顶端。

栾缇哥那望着那片硕大无比的黑暗，突然见到那黑影中闪烁的光点，接着是先后两声亘古以来最深远的响声激荡着她们的耳膜。她们的内心无比激动、震撼，睁大双眼直视着眼前的景象。

那是一对硕大无比的巨型蓝鲸，苍生海的化身，一只用身躯替海穹庐阻挡雷电，另一只则环绕在海穹庐周围。栾缇哥那目不转睛地凝视着海穹庐外，看着蓝鲸优雅威武的宽阔吻端从面前掠过，隔了好久好久都只看到那条长长的唇线笔直地溜过，最后，那微微上勾的嘴角才进入她的视线之内。

她看到了在那几乎可以吞下三只抹香鲸的巨颚之后，小巧无比、炯炯有神的温暖目光——那是蓝鲸对这群渺小的生命投来的好奇一瞥。

她们心中的恐惧、忧愁都一扫而光——两只蓝鲸像是在嬉戏,很快便离开了海穹庐,她们再度暴露在飓风和闪电的威胁下,然而栾缇哥那非常确信,她们能够安然度过这场灾厄。

"……所以,寄居蟹脆弱的尾巴长出了硬壳,从此变成了椰子蟹?"

博尔兀咬了一口椰子蟹肉,望着栾缇哥那,双眸中满是感动。

栾缇哥那没有直接回答这个问题,她抬头望着碧海青天,喃喃说着:"我总觉得,有一天你也看得到蓝鲸。"爽朗的橙红眼里却多了一分阴郁。

"蓝鲸啊……蓝鲸……"博尔兀思绪一转,朗笑道,"我连海洋游猎民的生活技能都还没学会,所以别说是蓝鲸了,只怕连只海豚都看不到呢!"

"哈哈,博尔兀姊妹可又在谦逊了,你虽从陆上来,要学习海洋生活却也不太困难,跟着游猎民部族三五年,很快便都知道了。"

"还要三年五年哪。我可是听说,你们……咱们海洋游猎民早在蛋壳里就已经学会游泳了,我还要这么长时间,会不会太晚了点?"

"急什么,博尔兀?雌歌瓦一辈子少说也有七八十岁可活,苍生海该给你什么,时候到了自然会飘到你眼前;时候不到的话,就算你游得像旗鱼一样快也追不到。"栾缇哥那啃着椰子蟹,嘴里含着两只椰子蟹脚。

"你说的挺有道理的。"博尔兀望着手里的椰子蟹。是啊!还有这么长时间,急什么？先把这只椰子蟹吃了也不迟哪！

几句话下来，栾缇哥那问起了博尔兀今日原本的行程。

"……我跟一个长辈打赌，要在她外出的这段日子里不靠她教导，自己去驯服几匹野生蛟龙。今儿个出来便是为了这事。"

"你要驯服野生蛟龙？"栾缇哥那听到博尔兀的回答，诧异的眼神显露在方阔的额间，"驯服野生蛟龙很难，就连游猎民也得大费周章准备许久，你要只身办到恐怕不容易。"

"的确很难。"博尔兀苦笑道，"不过这个赌我可不愿输。虽然没有特制的渔网和训练有素的伙伴，但我要凭着自己的能力驯服一匹给她们瞧瞧。"

"你都知道啦？那些搜捕野生蛟龙所需要的物资和歌瓦们，可不容易凑齐哪。"

"我那天便因为这个被赤瑁部给捉了过去！"

栾缇哥那歪着头思索了一阵子，突然开口道："就算你捉到了一匹蛟龙，那句箴言你可能喊破喉咙也起不了作用。不如这样吧！我同你去标些旗鱼和鲔鱼，再同亲善的游猎民部族换一两匹蛟龙如何？游猎民自己配种的蛟龙听话多了。"

"原来游猎民骑的蛟龙是自己配种而来的，那么她们又何必再到外面去驯服野生蛟龙呢？这不是自找麻烦吗？"博尔兀提出了疑问。

"你果然不是海上出生的。野生蛟龙的数量其实远比游猎民饲养的少许多，不自行繁殖的话，恐怕把整个海洋的蛟龙抓光了都还不够游猎民用呢！"栾缇哥那继续说，"经过配种的蛟龙天性温驯，也很听话，不似野生蛟龙倔强，不过饲养的时间久了，血脉也会污浊，因此咱们隔个一两年便要出外捉几匹健壮的雄蛟龙作种，才能延续下一代蛟龙的体能和战力。"

"饲养的蛟龙会比较听话？"博尔兀脸上写着疑问。

"嗯，比野生的听话很多。打个你比较熟悉的比方吧，"栾缇哥那抠抠下颚的细鳞，"我曾听说陆地上养的鸭、鹅这些禽类，会把破壳后第一个见到的动物当作母亲，有这回事吧？"

"有。"博尔兀差点儿笑了出来，"等等，你的意思是说，小蛟龙从壳里孵出来，也是这个样子？"

"没错。看你这副不相信的模样。要知道，这样蛟龙才容易驯服呢！"栾缇哥那顿了顿，继续说道，"即使是经由配种生下的蛟龙，依旧需要咱们向它说那句箴言，直到它听进去了才行。但这初生的小蛟龙既然把游猎民当作母亲，又岂有不听母亲命令的道理？所以多半随口说说那句箴言，小蛟龙从此便被驯服了。"

这下子博尔兀全明白了，原来游猎民就是依赖小蛟龙的这种天性，才能轻而易举地驯服它们，难怪配种的比较听话。然而即便如此，也阻挡不了博尔兀去驯服野生蛟龙的决心。

"谢谢你的忠告，栾缇哥那。不过我还是非得驯服那匹野生蛟龙不可。斗胆问你一句,你愿不愿意帮忙?"

"捉匹野生蛟龙当真那么重要?"栾缇哥那看着博尔兀,不禁笑道,"我帮忙是可以的,或许咱们合力能办得到。可是你那匹紫斑蛟龙已经够好了,不是吗?"

"那匹蛟龙的确不错,可惜那是借来的……"

博尔兀待要开口讲述原委,远处丛林却依稀传来一前一后窸窸窣窣的声响,还隐约传来几句咒骂声。从嗓音语调判断,这群来者当中有歌瓦,也有人类,但既非海洋游猎民,也不是白沙岛附近的岛民。他们的语调急切,好像正在追捕什么似的。

"快追!在那边,别给逃掉了,否则有你们好看的!"博尔兀听见熟悉的通用语从男人口中说出来。来者的身份的确可疑。

栾缇哥那立刻扑灭了火堆,悄悄取下弓箭。博尔兀也将左手按在腰际的刀柄上,侧着身子警戒着。来者是敌是友很难判断,或许只是些途经此地的商旅上岸休息,但也不是没有可能遭遇凶险。最坏的情况是,她们得和这些不速之客交锋,杀出一条血路来。

她们踏着布满落叶的沙泥地,缓缓地离开方才起火的地点,分别遁入隐秘灌丛,埋伏着观望。

将头部贴在地面,博尔兀听见一连串轻盈的脚步声在不远处窸窣着,一串枝叶折断的声音跟着响起,紧接其后的却是混乱无章的脚步声。

"快追！想知道极地的财宝在哪儿的话，就给我尽力去搜！第一个擒住他的人，我分给他一半的财宝。"男子再度发出粗暴的声音。

"分三队去搜。乌尔冈，你带人去岸边巡逻；剪尾鳟，你带着他们四个去右边；其他人跟我来！"

首领才发出号令不久，忽地白影一闪，树丛震荡，几片落叶飘落下来，一个歌瓦的身影很快便隐没在林子里。

"在那儿！快，给我包抄。"

"注意头顶，说不定就在树干上。"

激烈的追逐持续着，那个被追捕的歌瓦非常机警，每躲入一处新地点便凝神不动，静得一点儿声响也没有。往往等到那些追赶者踏着枝叶赶上来，他将要被发现时，才又飞也似的逃走。

追逐者放缓脚步，仔细搜寻着视线所及的每一处灌丛，每踏一步都得先用脚掌探探前方的草丛。

"咔嚓！"树林中突然传来清脆的树枝折断声，瞬间吸引了所有追捕者的注意。

为首的男人金发碧眼，满脸凶恶，但是十分冷静。他向一边的手下使了个眼色，招招手，准备同时包抄那一处。不料这时候，在他们后方又窜出了个白影，消失在丛林之间。那些追捕者回过神，不住地骂着连串粗俗脏话，急急忙忙追上去。

这响起的"咔嚓"声,让暗地里观察着的博尔兀与栾缇哥那疑心顿起。莫非除了她们,还有什么东西也在暗地里注视着这一切?

沉静、骚动,两股节拍不断在这小岛上交替着,热带岛屿上的战斗原来竟这般凶险,密林中的每片叶子都埋伏着陷阱,隐藏着杀机。除非一把火烧光这片雨林,否则林中作战的双方都得在层层险境中寻觅摸索,以死亡为代价探索敌情。这让博尔兀联想到"迷宫"这个词,而这样的地形,说不定便是迷宫最早的雏形呢!

静动交错的追逐渐渐逼近了博尔兀她们躲藏的地方。白影在树丛间晃动,飞驰着进入了方才她们烤椰子蟹的地方,他正要再往前蹿,眼前却出现了另一队追捕者的身影。一转身,他的吻端便挨了一记木棍重击,嘴角淌着血倒在地上。

"这下子你可跑不掉了吧,来自极地的白鳞族?"金发碧眼的首领把木棍丢向一旁,向前跨了一步。其余的追捕者这时也都纷纷围上前来,发出嘿嘿的冷笑声。

博尔兀这时看得更清楚了,这一群追捕者共有二十来名,歌瓦和人类各半,模样类似她在旅途中见过的强盗,他们凶神恶煞的气质与善良的差距恐怕有大海那么宽。

"是啊,你还是乖乖招了出来吧,省得又多受些皮肉之苦!"一个雌歌瓦威胁着,她的蜥蜴头颅左半边有好几道刀疤,显然是经历过些恶战。

"好歹你也是咱们费了好大的劲儿才从海洋游猎民那些蛮族手里抢来的。瞧你一身雪白色的鳞片,黑乎乎的眼珠子,谁不知道你是白鳞族的?只要你乖乖地说出北方的财宝藏在哪里,老大是不会亏待你的,顶多将来把你卖到圣都的大竞技场去,死不了的话说不定还能赎回自己呢!"

"剪尾鳟说得没错,你这生长在极地的白鳞族一定知晓独角兽的躲藏地点,快说出来,老子得到那只角之后,是不会杀你的。哈哈……"

这时博尔兀才瞧了个仔细,这个歌瓦浑身鳞片都如雪一般白,一对乌黑的双眼就像星空那么幽深,身材只比博尔兀矮了半个脑袋瓜,却是个雄歌瓦。鱿勒说过,这个世界上唯有居住在极地的白鳞族歌瓦才有这么高大的身材,这个雄歌瓦长得几乎同自己一样高,肯定是白鳞族的,错不了。

追捕者们都跟着狂笑起来。不过那白鳞歌瓦虽然跌倒在地,乌黑的眼珠子却流露出不情愿的神色。金发碧眼的强盗头子怒气冲天,狠狠地踹了白鳞歌瓦几下子,他蜷曲着身子颤抖了许久。

强盗头子蹲了下来,拔出匕首抵在白鳞歌瓦的喉间,怒道:"告诉我独角兽的下落!"

"我死也不会告诉你们!"白鳞歌瓦依旧倔强,咬着牙别开脸,却恰巧望见了隐身灌木丛中的博尔兀。惊讶的神色瞬间掠过他的脸,却立即消失得无影无踪。

"你这冥顽不化的家伙,老子给你甜头尝你不要,非得要……"强盗头子怒气冲天,将匕首愤怒地摔向地面,站起身又想踹白鳞歌瓦几脚,耳朵里却传来手下的惊呼:"老大,等一下!"

一个人指着椰子蟹壳和几颗丢弃在附近的椰子以及仍在微冒白烟的炭痕。他用刀鞘拨开沙堆,发现更多余烬,一股微温的热气夹杂着烟雾冉冉升起,沉默不安也迅速地由此处扩散开来。

强盗头子一见到火堆与椰子蟹,顿时明白了方才听到的"咔嚓"声来自哪里。

"出来!"他怒吼着,手下们这时也有所警觉,不住地打量着周围。

"快给我滚出来!是英雄就给我滚出来!"强盗头子又再次大吼。

"哼!我才不是什么英雄哩,咱们歌瓦只有英雌这个字眼!"博尔兀也明白情势的危急,只是在心底不住地这么想着。她不知道栾缇哥那能否听懂这群人说的陆地通用语,不过从栾缇哥那眨巴着的眼睛可以判断出,她能从强盗头子的语气意识到情况不妙。

"不出来的话,就给我搜。杀无赦!"强盗头子一声令下,盗贼们将内心的疑惑化作了实际行动,围成圆形开始向外搜索……

沉着,将成为最大的考验。

能否沉得住气,成为博尔兀面临的重要抉择,敌明我暗的情势不知还能维持多久,如果能隐匿着不被发现,静观其变自然是再好不过了;然而一旦被发现,敌我力量对比悬殊,自然免不了一番血腥恶战。博尔兀明白全身而退的机会并不大,唯有在最恰当的时机给予敌人致命一击,才有可能成功突破这道封锁线。

除非能在精确的时间点,用隐蔽优势发动攻击,否则在此之前必须按兵不动。一旦出手,定要在迅雷不及掩耳的瞬间痛下杀手。这考验着博尔兀的反应与判断,也攸关她的生死存亡。

随着搜寻者踩着草丛的沙沙声逐渐接近,博尔兀左手紧紧地按住刀柄。她不自觉地转过头去,恰好又与那白鳞歌瓦四目相对,于是她眨了眨右眼,示意他见机行事。

博尔兀双眼紧盯着搜索者的身影,一个手拿短剑的雄歌瓦步步为营、缓慢地接近了灌木丛,左右不远处还各有一个同伙。博尔兀锐利的目光停留在雄歌瓦柔软而布满细鳞的咽喉上。

博尔兀的心脏剧烈地搏动着,仿佛就要跳出胸腔,呼吸声却被刻意压低,缓慢而轻柔。屏气凝神,所有的准备都是为了随时可能到来的那一刹那!

眼看着搜索者距离她只有一步之遥,博尔兀紧绷的肌肉就要爆发出无穷的潜能时,忽然她左前方不远处冒出一声惨叫,将盗匪们的注意力全都吸引了过去。

在他们的视野内,一个男人按着被斩断的右臂哀嚎着,这时另一把利刃毫不犹豫地穿透他的胸膛,再从背后穿出。一身蓝鳞的栾缇哥那出现了,左手弯刀刃口还残留着血迹。她抬起脚抵住男人腹部,不慌不忙地抽出直刀。男人再也发不出嚎叫,鲜血从口中狂涌而出。

博尔兀只觉得血液沸腾了起来，她毫不犹豫地一跃而出，拔刀斩断雄歌瓦的喉咙，然后拔腿飞奔。众盗匪还没从这突如其来的两处袭击中反应过来，原本跌坐在地的白鳞歌瓦已趁机撞倒一名盗贼，顺势抄起遗落在地的匕首，飞身跟着博尔兀逃窜。

第三节　/ 独眼煞星 /

在短短不到发射两支箭的时间内，混战已爆发开来。博尔兀内心压抑着的恐惧这时全都化作疯狂，猛然释放出被禁锢的战意。激烈的追逐战展开了。

栾缇哥那侧着身，左手拿着弯刀在半空中挥舞着，与另一名雌歌瓦交锋，下一瞬间却闪到敌人胸前，右手直刀递出，命中敌人的心脏。另一名人类却在此刻扑上来，在她肩后划出一条伤口，顿时鳞开肉绽，所幸伤口不深，并未伤及腑脏。栾缇哥那大吼一声，长尾巴猛然横扫，把这个人类击倒在地。她正要抢上前去给予最后一击，斜里却有人横出一剑，将攻势接了过去。

博尔兀与白鳞歌瓦则面对着更多的敌人，包括强盗头子在内的九名盗贼对她们穷追不舍。双方实力悬殊，博尔兀决定以退为进，边挥着单刀格挡来自左右后方的夹击边跑，但每奔跑几步，便被迫停下来接上几招，身上被划开好几道口子。她试图再次奔走的时候，迎面跑来了三名盗贼，其中一名是那个叫做剪尾鳟的雌歌瓦。

就这么一停，其余盗匪也纷纷赶上前，眼看着便要将博尔兀与白鳞歌瓦团团包围，博尔兀与白鳞歌瓦只得互相倚着背作战。强盗头子的眼睛里闪着盛怒，不发一语便挥刀攻向博尔兀，却听到后方一声惊呼，一个男人倒了下来。在那个包围网的缺口后方，伫立着一个歌瓦的身影。

那个歌瓦身材比博尔兀矮小，一身深褐色的鳞片，左眼戴着黑色眼罩，似乎是个独眼歌瓦，也可能是这个原因，使得她只能以略偏着头的姿态望向这边。她左右手臂上各套着一只盾爪，那是种攻守合宜的近身兵器，套在手臂上的部分呈细长椭圆，具有防御效果；而靠近手掌与手肘的两端则分别延伸出前三后一的锐利钩刃。

独眼歌瓦仅剩的那只眼睛凝望着这一切，利爪向下森然伸着，无形的压迫感顿时袭上博尔兀心头。来者是敌是友？假使是敌人，恐怕将比这些盗贼更加棘手。所幸按照现场情况看来，这些盗贼并不是独眼歌瓦的伙伴。博尔兀感到背后的白鳞歌瓦身子似乎抖了一下。

"又是一只碍眼的丑蜥蜴，剪尾鳟，把她料理掉！"强盗头子下令，剪尾鳟于是举着剑盾跨步上前，拿剑指着独眼歌瓦，用生疏的海语挑衅道："等着吧，我要取走你完好的另一只眼睛！"

独眼歌瓦无声地笑了笑，点足一跃便来到剪尾鳟的身前。剪尾鳟毫不犹豫地一剑挥出，却被独眼歌瓦轻易躲过，眨眼间攻守已易势。独眼歌瓦旋即展开反击，第一爪便直朝剪尾鳟的喉头刺出，剪尾鳟招架不住，踉跄后退。这时独眼歌瓦又展开一阵猛攻，左右两爪从四面八方攻向剪尾鳟全身各处。一阵短促的铿锵声后，剪尾鳟的剑与盾脱手而飞。独眼歌瓦以流星般的速度一爪刺上她的喉咙，再斜着利落一扯，剪尾鳟的喉头被扯出个巨大的菱形伤口，随后倒了下去。

独眼歌瓦连头也没有回便横向左跃，左手肘的爪刃刺入一个想要偷袭她的人类腹部。

接下来，独眼歌瓦没有给强盗们惊讶和颤抖的时间，像阵旋风般展开杀戮。一连取了三条性命之后，她来到强盗头子跟前，第一次开了口：

"离开或死亡。"

强盗们感到一阵恐惧，在头子的带领下仓皇奔向岸边，疯了似的逃开了。现场只剩下博尔兀、栾缇哥那、白鳞歌瓦以及独眼歌瓦。

那独眼歌瓦走向白鳞歌瓦，用生疏的陆上通用语说道："受惊吓了吧，贵客？我绿蠵部的游猎民疏于防备，才令你遭到这样的危险，族母感到很抱歉。"

那白鳞歌瓦走了出来，冷冷说道："无所谓，这条命也不见得是我的了，你可知道，他们抓住我想逼问些什么吗？"

独眼歌瓦想了想："独角兽？"

"不错。"白鳞歌瓦改以海语说道，"我真佩服南方那些种族的想象力，竟然会相信一个自己创造出来的传说，为了这还不惜铤而走险。他们说咱们白鳞族凶狠无情，他们自己的心倒是更黑呢！"

"独角兽的传说啊……"独眼歌瓦顿了顿，"也只有我们这些到过极地的浪客才知道实情哪！"

"这独眼歌瓦也是浪客？"听到这句话，博尔兀内心又为之一凛。也难怪，这独眼歌瓦身手敏捷，恐怕鱿勒与她对阵也得全力以赴才行。

"你就这么放他们走？"白鳞歌瓦有些不甘心。

"放心，咱们海洋游猎民是天生的海盗，是有仇必报的杀手，这些陆地上不知哪来的盗贼胆敢从咱们手里抢东西，就得付出代价！黑角率领的海骑们早在这个岛附近的海域等着他们啦。想趁着鲨鱼睡着的时候用枪刺鳃盖，可不会有什么好下场，那些不会游泳的家伙一定跑不掉的。"独眼歌瓦说。

白鳞歌瓦回过头指着博尔兀和栾缇哥那："倒是这二位姊妹救了我，你应当感谢她们。"

"二位姊妹，当真感谢你们营救我部族的贵客。"独眼歌瓦向博尔兀与栾缇哥那各望了一眼，"我名叫花鲈，族人都叫我'独眼龙'，姊妹不介意的话，就这样叫罢！绿蠵部的族母感谢你们的恩德。"

"不敢，只是凑巧遭遇相同处境而已，在下是角鲸族余众，叫做博尔兀，敢问这位白鳞族的兄弟的名字？"

"我叫冬雪，是极地冻土高霜国的雪后之子。你的武艺很精湛，博尔兀。"随后，冬雪又转向栾缇哥那，问道，"这位蓝色鳞片的姊妹，你叫什么？"

"我啊，还是别问了吧，小兄弟。"

栾缇哥那虽然神态自若，橙色的眼珠子却泄露了她的情绪："问问独眼龙吧,她应当知道。我是绿蠓部要追缉的歌瓦,只怕说了名字,这位绿蠓部的独眼龙就不当我是朋友了。"她的双手交叉在胸前,随时准备伸到腰间拔出那左曲右直的双刀。

"哈哈,宽额方颅、蓝鳞片、橙眼、黄棘,想必这位就是赤瑁部竭力追捕的栾缇哥那了。"独眼龙不禁纵声大笑。她的嗓音沧桑有力,听起来犹如蛟龙的鸣啸。

"好!独眼龙即使只有一只眼,仍是好眼力,我便是栾缇哥那!要在这里解决我们的仇恨的话,就让我的朋友博尔兀离开。"

"我独眼龙领着绿蠓部族母的命令,来此营救冬雪。即使绿蠓部的族母迫于无奈必须顺从赤瑁部,但我这浪客可不需要屈服在蓝帝汗的淫威之下哪!况且,你二位单独皆不是我的对手,但一旦合作的话,我独眼龙也不能轻易获胜。"

"既是这样的话,那么大家便都是朋友,就别那么紧张兮兮了吧?"冬雪笑着,伸出手去捏了捏栾缇哥那腰间的刀柄。

"好!咱们都是海洋上的朋友。"博尔兀附和道。

"贵客,咱们该走了。族母关心你的安危,绿蠓部可不愿和极地的白鳞族爆发战争。"

独眼龙低声提醒着,接着又转过头对博尔兀和栾缇哥那说:"你二位也尽快离开吧!我独眼龙虽非栾缇哥那的仇敌,不过我族的第一勇士黑角可就不这么想了。等她料理完那些陆地上的杂碎们后，要是见我们还没回去，必然登岸来查看，届时你恐怕更难脱身。"

栾缇哥那听了独眼龙的话，嘴角泛着笑："黑角啊，她肯定是我的仇敌了。独眼龙，你这份关照我栾缇哥那不会忘记的！"

"不用惦记着念念不忘，说不定下一回见面咱们便是敌人了。"独眼龙说的是实话，游猎民彼此间的关系，就像海洋上的天候那般瞬息万变。

"要一起走吗，博尔兀？"

"嗯，没问题，不过在这之前，有件事我想问个明白……"博尔兀临时想起了什么，"冬雪，那些人类盗贼所说的独角兽到底是怎么一回事儿？你愿意告诉我吗？"

冬雪微微一笑，与独眼龙交换了个眼色，然后说道："独角兽的事情啊，我想，你亲自来极地一趟，用自己的双眼确认一下再好不过了。我会在终年飘雪的北方半岛等着你，博尔兀。"

"是啊，博尔兀姊妹，我的直觉一直很准，它告诉我，苍生海终会要你到极地走一趟的！"独眼龙的嘴角泛着意味不明的笑。

"你一定要来，博尔兀。"冬雪黑色的眼珠泛着笑意，他望着北方，神往地说道，"你一定要来看看那片纯白色的土地，我有预感，秋霜哥哥一定很欣赏你！"

"秋霜是你哥哥的名字？"

"正确地说是哥哥们的名字，总之，来了你就知道了。"冬雪再度笑道。这时独眼龙走向了方才出现的地点,弯身从草丛里拾起一把弓和一支箭,向西北方射了出去。凄厉的呼啸声伴随着箭飞上云霄,那是支响箭。

"冬雪贵客,我与黑角约定,以响箭为号示意你的平安。信号已经发了出去,黑角她们倘使料理了那群杂碎,很快便会到达这个岛的西北角。栾缇哥那,你们两位的蛟龙停泊在东南方,也趁着这时机离开吧!"独眼龙回头道。

冬雪听了这番话,知道非得与独眼龙前往西北角不可,因而幽幽叹口气,对博尔兀说道:"博尔兀,到我的故乡来,你想知道的事情全都在那儿,再见了。"冬雪的语气听不出忧愁或惋惜,却让博尔兀感受到少有的温暖。

"是啊,博尔兀,你的资质不凡,有机会从苍生海掌中取回自己的命运,趁着年轻的时候到北方去吧!"独眼龙也这么附和着。

于是双方就此别过,分别从这无名小岛的两端离开了。

今日一别后,在这宽广的海洋上,还有机会遇到独眼龙这个浪客吗?她是除了鱿勒之外,博尔兀接触到的第一个浪客。她利落敏捷的双爪以及那股无形中带来的压迫感让博尔兀十分震撼。每个浪客都有自己的特点,鱿勒从容稳健,独眼龙深沉冷静,那其他的浪客呢?她心中没有答案,但是她知道,自己与她们相差太远。

短短几天内,许多游猎民的面貌逐一踏入了博尔兀的脑海中,不论是敌是友,她们全都深深影响着博尔兀的心灵。天真的、想称霸海洋的雄心壮志早被消磨殆尽,博尔兀深切地认识到自己的不足。她的武艺和智慧已超越寻常水平,然而若想要再现皇姆单汗当年的称霸局面,那是远远不够的!

回程途中,冬雪与独眼龙所说的话占据了博尔兀的所有思绪。由于先前曾经听鱿勒和额图真讲述过成为浪客的种种经历,因此独眼龙的言下之意,是要博尔兀成为浪客。

"怎么了,你整晚都闷闷不乐的?"栾缇哥那问道,她将一串鲜美的烤鱼递给博尔兀。当晚她们造访一处小岛,适逢岛上住民的祭典,因此也打了几条鱼贡献,获得参与祭典的权利。

"没什么,不用担心。"博尔兀接过烤鱼,只是放在嘴边,鱼肉新鲜的海洋风味却引不起她的任何食欲,"没什么,栾缇哥那,我在想事情,我想静一静。"

"好吧!你想清楚了之后,去火堆旁跳舞吧,说不定就此搭上哪只俊俏的雄蜥呢。我要去享受了。"栾缇歌那轻拍着她的肩,然后离去。

许多居民围着广场中的火堆翩然起舞,歌瓦和少数人类悠然自得地享受着这份难得的和谐。偶尔有只歌瓦不小心踢到营火边缘,弄得噼里啪啦的火星四窜,也引起了阵阵哄笑。歌谣、舞蹈,那是岛上居民们表达欢乐的方式。博尔兀坐在广场边缘,注视着营火独自沉思,岛民们跃动的影子在博尔兀眼中逐渐淡去,模糊……

第四节 /结义/

夜色很深,海面上没有火光,海面下也没有荧烛水母,天上挂着一轮明月以及一弯新月,给海面染上淡淡的微光。

虽然幽暗,但并不宁静,四处都是蛟龙疾速游动激起的哗哗水声,以及它们那惊恐高亢的吟啸声。在混乱的蛟龙群两侧,两个海骑策着蛟龙快速巡航着,她们的目标只有一个。

"再往右边一些!我赶上前去,快!"一名海骑右手挽着缰绳,从蛟龙群的左侧追过去,她的伙伴在另一侧,持着长矛驱赶蛟龙。这群野生蛟龙为数众多,她们却只盯住其中一匹紧追不舍。

她们的目标是匹身形硕大的蛟龙,它原本潜入水面下躲避追击,不过狡猾的追捕者们却故意攻击它的伙伴,惹得它愤怒地浮出水面。

它挟着满腔怒气直袭那海骑,从水底下冲撞海骑坐骑的侧腹,海骑胯下的蛟龙遭此重击,身子一歪,几乎要将颈背上的策骑者抛到海中。那海骑紧紧握住缰绳,看到目标就要浮出水面,连忙使劲大喊:"趁现在!博尔兀,它浮出水面了。"

"这就来!"博尔兀乘着蛟龙雷云,迅速地冲上前,把绳套盘旋在头上就要投出,绳套末端被绑死在博尔兀的左臂上。

"只有一次机会。"她告诉自己,然后果断地把绳套一抛,顺利地套在蛟龙的吻部,然后一使劲,勒紧了蛟龙那张能咬断手臂的利嘴。接着她使尽浑身力气来对抗蛟龙的蛮力。刚开始的时候,她试图一手勒住缰绳,另一只手把目标控制在近处,然后栾缇哥那便会抢到目标附近,对它大声嘶喊那句箴言。

不过蛟龙与生俱来力道强劲,它激烈地挣扎着,凶猛地摆动尾部,博尔兀感觉身体几乎要被左右两股力量给扯成两半,因此只能临时改变主意。

她索性放开缰绳,纵身跃入海中,左手抓着绳索又紧绕了两圈。果不出所料,博尔兀一放开缰绳,蛟龙就迫不及待地奋力往海面下钻去,试图要摆脱博尔兀的纠缠。可惜套在颈部的绳圈勒着上下颚,令它十分不舒服,而且博尔兀早就调查过,蛟龙只栖息于海水表层,闭气的时间比歌瓦要短许多,即使它目前一味地往深处钻,终究也有浮出水面换气的时刻。而栾缇哥那则早已备妥几张渔网,准备趁它浮出海面换气时,将它生擒活捉。

博尔兀双手紧抓着绳索的尾端,任凭那匹蛟龙在海中左突右奔。每逢蛟龙猛然转向,强烈的撕扯力道便经由绳索传递到博尔兀的手臂上,剧烈的摩擦让她手臂上的鳞片剥落了好几块,也造成了多处擦伤。

蛟龙的耐力与爆发力远远超过博尔兀的估计,她只能任由前方的黑影在海中拖行,泡沫不断迎面撞来,时间一长,博尔兀渐渐感到头晕目眩,肺部与喉头也逐渐开始紧绷,换气的需求开始弥漫在她的意识中。但她知道现在绝对不能放手——如果窒息一般的痛楚冲击着她,那么那匹蛟龙的体力也一定达到了极限。

体力的拼斗已经到了极限,接下来便是意志力的考验,博尔兀与蛟龙,哪一方能坚持到底,哪一方就能赢得这场搏斗的胜利。

蛟龙奔驰着吐出最后一口气,泡沫瞬间便擦过博尔兀被远远地抛在后方。这个时候,它蹿的速度是最快的,产生的拉力也是最强劲的。不仅如此,它仿佛下定决心要甩开博尔兀这个讨厌鬼一样,笔直地往一处海底礁岩处游去,眼看就要撞死在礁岩上,却突然来了个急速转身,想让博尔兀无法抵抗惯性撞在礁岩上。

不过博尔兀早有防备,在蛟龙转向时便死命往反方向摆尾,虽然还是轻微接触到礁岩,但却没有受伤。然后,这匹蛟龙终于忍不住憋气的苦楚,急速地往海面上游去。

"太好了。"这个念头顿时浮现在博尔兀脑海中,然而事情并没有想象中那么顺利。当蛟龙浮出水面时,竟又朝着栾缇哥那直接冲去,庞大的身躯不断飞跃出海面,也连带着让博尔兀吃足了撞击海面的苦头。

最后,它就要扑上栾缇哥那的时候,又故技重施,跃起身一个急转弯,头部一甩想将博尔兀砸向栾缇哥那,栾缇哥那无奈只好收起预备撒出的网,侧身闪过博尔兀的躯体横扫。

"啪!""啪啦!"重重的落水声响起,栾缇哥那望着那个方向,只见一大一小、一前一后两个身影又再度隐没在海底——蛟龙浮出水面呼吸几次之后,又再度潜入海中展开耐力赛。栾缇哥那不禁苦笑着摇摇头,心中暗叫不妙:"下一次浮上来不知是什么时候了,看来,今晚有得忙啰。"

阳光隐约从海平面升起的时候，栾缇哥那看见蛟龙的身躯再一次浮出水面。不过这回它没有跳跃着袭击栾缇哥那，而是就那么侧身一倒，无力地漂浮在水面上。

紧跟着博尔兀也浮出海面，握着绳索的双手不住地颤抖着。她掉了许多块鳞片，就连头颈部的长棘也折断了好几根。即便如此，她仍然用尽最后的力气游向那匹蛟龙。

现在蛟龙只能无意识地稍微摆动头部，根本无法抗拒博尔兀的接近，那铜铃般的大眼也只能无力地望着抱着它头部的博尔兀。博尔兀喘着气攀上了蛟龙的身子，搂着蛟龙的头颅将嘴靠了过去，然后对着蛟龙的耳孔，气若游丝地念出了那句箴言：

" ᠰᠣᠶᠣᠯ᠎ᠢ᠎ᠶᠢᠨ ᠂ "

栾缇哥那来到博尔兀身边，喘着气说道："交给我吧！你现在已经没有力气念箴言了，这样断断续续的念多久也不会有结果的。"

博尔兀缓缓转过身，勉强发出几声干笑，说道："不……不行，这……这是……我的蛟龙，可……可不能……就这样让你……让你成为它的主子哪！"说罢又转回头去，对着蛟龙的耳孔喃喃念着。

"可是你这样根本连一句箴言也念不好啊！"

"心……心诚则灵。"

博尔兀不再理会栾缇哥那的好意劝说,径自对蛟龙念着断断续续的箴言。宁静起伏的波涛把蛟龙和博尔兀轻轻地举起,又轻轻地放下。就这样不知念了多少回,忽然,她的眼中映入万丈光芒,整个黯淡的天幕亮起一片青蓝。灿烂无比的金色太阳从海面上升起来了!博尔兀望着这初升的旭日,不禁挤出了一丝干笑。

"日出了……好刺眼哪……"说罢,博尔兀闭上眼睛便伏在蛟龙的身躯上睡着了,也不管到底驯服了蛟龙没有。这是她有生以来第一次感到那么疲累,但也是第一次感到如此充实,即使在睡梦中,栾缇哥那也可以看到她的嘴角微微上翘着。

这匹昏迷的蛟龙比雷云还要粗上半圈,是博尔兀和栾缇哥那在这晚春时节共同面对的最后一项挑战。

那日巧遇独眼龙和冬雪之后,博尔兀跟着栾缇哥那四处奔走,也一起抵抗过遭遇到的赤瑁部巡哨。在这五十来天的旅程中,她们曾到亚热带海域去捕猎,制作海穹庐;也同部分温和的游猎民部族交换了几匹巨鱿鱼来拖运海穹庐。博尔兀在这段日子里逐渐熟悉了许多海洋游猎民应该具备的求生技能。比初到白沙岛的时候,她离海洋更近了一些。

回到白沙岛附近的时候,所有的游猎民部落都已离开此地,蛟龙、海穹庐、巨鱿、棚船不再出现,夜里的海中星空也不再闪耀。她们都预感到别离即将来临,因此想出了这个异想天开的方法,在夏季的某个夜里,用原始而野蛮的猎捕手法来驯服蛟龙，以此作为友谊的见证。

博尔兀醒来之后，那匹蛟龙已经不再具有攻击性，而是缓缓地跟在她的身边，于是她攀上了蛟龙背颈，为它装置了衔辔和缰绳。

"你要为这条蛟龙取什么名字？"栾缇哥那伫立在礁石上吹着微风问道。

"就叫翡翠吧。"

"翡翠。"栾缇哥那眯着眼睛凝望着海浪拍打着礁岩，礁岩上溅起白色水花，"翡翠是玉的一种，上等的玉，这名字不错。"

然后她们都没有再开口，静静聆听着海潮与燕鸥所谱出的美妙音乐。良久，博尔兀才问道："接下来你要去哪儿？"

"继续我的征途。"栾缇哥那闪烁着橙色光芒的双眼眺望着远方，"游猎民的众多部族游到哪里，我栾缇哥那就跟到哪里，所以我必须走了，这样才能赶上她们所追逐的鱼群，搭乘顺风的洋流……

"你呢，博尔兀？"

"我啊……我，可能得先把雷云骑回去归还给它的主子。"博尔兀惊觉，时间早已超过当初与鱿勒的约定，此外这段日子她也忘了回岬角向额图真汇报。不过回忆起这段日子所经历的，她觉得一切都值得。

"之后还有什么打算？"

"我想，我应当去北极冰洋一趟，去看看冬雪生长的地方是什么样子。"博尔兀这么回答，一股自信的神采不自觉地从她的眼眸射出。仿佛冥冥之中，不知哪双手偷偷地把她的心向北推去似的。

"哦,你决定要踏上成为浪客的旅程啦?"

"可能吧,其实我也不是很清楚。不过我想到那里看看,去增长见闻也好,说不定我真的会成为浪客呢!你要一起来吗?"

"不,我不需要成为浪客。"栾缇哥那说,"我不需要从苍生海掌中取回自己的命运,栾缇家的长女见过蓝鲸,明了自己的命运。我要化作洋流与海风,我要指引鱼群的航程。"

"也许,我们的目标很类似呢。"博尔兀小心翼翼地这么暗示,希望栾缇哥那能听懂。她会与栾缇哥那成为敌人吗?这个念头涌起的时候,她感到有些不寒而栗。

"哈哈……与其说目标,倒不如说是命运吧!我们到底会怎么走,苍生海自有安排。博尔兀,在离别前,我们结成'托答'吧!"栾缇哥那突然提议。

"托答……"在海语中,这个词意指异族的好姊妹、好手足,这是海洋游猎民最崇高的友谊体现。不论雌雄、不分长幼、不计部族恩怨是非、不受身份尊卑影响,只要两位游猎民意气相投,她们就能够结为托答,成为一辈子的好友。即使双方隶属于互相仇视的两个部族,即使战乱也不能打破这层关系。

"好。"博尔兀没有迟疑,紫色眼眸散发出凛然气魄。

于是她们准备了熏香、海带、海马、水桸⑤、海百合,以海带缠着一并焚烧,再将灰掺着椰子酒一起喝下。拔下一片棘鳞交在对方掌中,投于大海。博尔兀与栾缇哥那从此结拜为异族好姊妹。

"那么,博尔兀托答,冬季已经远去,游猎民也都离开了这度冬的海域,是我去追赶她们的时候了,我们就此别过吧。"

"嗯,栾缇哥那托答,椰子蟹已不再有所畏惧,挥舞着螯勇闯天涯吧!"

"勇闯天涯!好,你也一样。但愿漫天的狂风暴雨也刮不走你的勇气,愿天上的候鸟帮你指引极地的旅程。苍生海的灵魂就分散在沿途的鱼群与岛屿,事先为你安排好一切了。若是成不了浪客的话,也用不着沮丧,你还有其他的使命要完成。"

"嗯,我先努力试试吧!"博尔兀回答。

海洋游猎民生来就相信命运,相信一切都自有安排,可是博尔兀不这么想,陆地上发生的事情并不是这样。就拿人类来说,只要肯努力奋斗,一个平民的子弟也能够晋升骑士之列,通用语有句俗话:"人定胜天",什么事情都有可能发生,只是看你愿不愿意努力罢了!

又是一阵浪打在礁岩上,几滴水珠溅在她们身上。博尔兀笑了,她的双眼

---

⑤水桸:此处所指应为桸板动物门的部分动物,它们的身体呈钟形,延伸出数对触手,依赖触手上的桸板摆动来推进身体。

凝视着栾缇哥那，发现她橘红色的眼珠也正散发着睿智的光彩。时至正午，天顶大放光明，海面也泛着金光，波澜万丈。

"再见了，博尔兀托答。下次你见到我的时候，或许就不是这么落魄孤独了。"栾缇哥那跨上蛟龙的颈背。

"我期待着。保重！"

博尔兀望着栾缇哥那离去的蓝色背影在阳光照耀下逐渐模糊成一个小黑点，最终消失在海平面的尽头。这个蓝色鳞片的歌瓦再度开始了征途，却没有谁能保证，她不会在下一场冲突中被杀死；也没有谁能保证，博尔兀还有机会再与她相遇。不论到底有没有命运，世界上的事情向来变化无常，所以眼前有什么能够做的，就放手去做吧！能体会生活中的酸苦甘甜，才不枉虚度此生。

博尔兀忽然有种感觉，该是开始自己的征途的时候了。

她见到一群大雁从头顶飞过，朝着北方迁徙而去……

博尔兀拉着雷云的缰绳，骑在蛟龙翡翠的颈背上，而翡翠的鞍具下又拖着长长的绳索，系着海中几匹巨鱿以及巨鱿们所拖动的那顶海穹庐。她带着一个游猎民的家当，回到了那座岬角。她把海穹庐留在潟湖外，独自牵着翡翠与雷云穿过石洞，浮出了水面。

哗啦啦的水声引得屋主急切地奔出来。五十多天不算长，但是对于那些引颈期盼着去者归来的等待者而言，却是度日如年了。

"我回来了,额图真。"博尔兀看着额图真,露出愧疚的神色。

丹顶额图真大口喘着气,看看博尔兀的眼神仿佛有些恼怒,但在见到了那匹蛟龙时,显出了惊喜的神色。

"汗女博尔兀,你……你真的办到了!这可是一匹不输给雷云的好蛟龙呢!瞧它身上的青色斑纹多么粗犷狂野,这身躯又是多么壮硕有力,有哪个游猎民的部族能配对出这么优美的蛟龙呢?这可真是一匹如假包换的野生蛟龙啊!博尔兀,你真的做到了!"额图真不改急性子,一见到博尔兀便开口夸赞起来。

"这的确费了好些力气,额图真伯母。不过,假使看见洞外的那些家伙,你说不定会更惊讶呢!"

"你先不用说,让我猜猜吧!莫非你还另外驯服了一些蛟龙不成?或者是结交到一些好友?还是……"

"都不是,咱们到岩壁顶端去看看就知道了。"

博尔兀卖了个关子,带着额图真攀上了岬角的岩壁顶端。水面下,一个巨大的半透明圆盘就停留在那儿,周遭还有几只梭形鱿鱼来回游动着。额图真惊喜地转过身,端详着博尔兀,眼里尽是欣慰。

"好!好汗女!不愧是皇鲟单汗的孙女!这么多天不回报一声,害得我担心你被海里的鲨鱼吞掉了,没想到这会儿一现身,就有游猎民的模样了呢!你瘦了,博尔兀,但是身上也多了股海水的风味,很好!很好!你已经适应了游猎民的生活了,那我就趁着鱿勒还没有回来的这段时间,先教你一些领导游猎民的知识吧,不如先从最主要的……"

"什么?鱿勒还没有回来?"博尔兀不客气地插了话,也想借此打断额图真那滔滔不绝的话语。

"嗯,那天她跟你打赌之后就离开了,说要去找第三个'碧刃'的持有者,不过到现在还没有消息。就好像她当初说要把你养大,之后便一溜烟地消失无影了。"

"鱿勒没有回来,那么,她走之前没有向你交代些什么吗?"

丹顶额图真抠了抠下颚的细鳞,说道:"她说过,要是你空手而返的话,我就教你如何驯服蛟龙,不过这下省了,你已学会了。在这之后做些什么,鱿勒并没有明说,我猜大概是要我先教你一些韬略吧。这也不错啊,我可以先……"

"额图真伯母!"博尔兀再度打断了她的话,"其实,我回来是要把雷云交还给你,然后,我要离开了。"

"什么?离开?"听到博尔兀的话,额图真仿佛被晴天霹雳击中了一般,她不禁质问道,"你要去哪里?"她的双眼睁得大大的,额头上的红鳞片也都竖了起来,这时博尔兀才第一次见识到额图真怒火冲天的恐怖模样。额图真不再是啰里啰嗦的老者,而是一个充满威严、声色俱厉的将领。

博尔兀承受着严厉的目光,但她还是下定了决心,抬头盯着额图真的眼睛:"额图真伯母,我……私自决定了,我要独自到北极圈去……"

"去成为浪客?"额图真抢先问道,语气中带着轻蔑,"这个……我看……很难吧。你还是先留下来，让我教你些统治海洋的方法比较实际。等到鱿勒回来再说吧。你这个缺乏经验的雌歌瓦，想要突破成为浪客的那些障碍，恐怕不太容易呢！"

"我知道很困难，可我还是想成为浪客，因为……"

"不要再说了，你就先在这里住下来吧！博尔兀汗女，一切等鱿勒回来再谈！"

博尔兀张口欲辩，额图真十分不悦，一挥手便走进了石屋内。博尔兀明白额图真正处于盛怒之下，又愧疚让她空担忧了一段日子，于是只得勉强走入屋内。

当晚额图真又煮了飞鱼汤款待博尔兀。博尔兀隐瞒了撞见蓝帝汗与栾缇哥那的事情，只把这段时间的经历告诉了她。饭后，额图真迫不及待地讲解起了兵法。博尔兀不好意思推辞，只能望着额图真的双眼仔细聆听，她不断地点头，直到深夜，才结束这严苛的一课……

月光微映在潟湖前的沙地上，博尔兀悄悄揭开门口的帘子，轻吸一口气准备踏出一步。趁着黎明前，她决定悄然离开岬角。

就在这时，额图真急切的声音从潟湖边传来："站住！"

借着朦胧的月色，博尔兀瞧见，潟湖旁的沙岸上蹲着一个钟形的身影，原来额图真早已料到博尔兀会不告而别，就这么待在潟湖边。

"回屋里去吧,博尔兀。浪客不是你现在应当挑战的目标,你虽然资质聪慧,但是还不够成熟。跟我多学些知识吧!"

博尔兀就这么僵在门口,从午后开始压抑着的怒气这时全都涌了上来,她感到一阵天旋地转,便试图让自己保持冷静,但直觉引领着她又跨出了一步,她真正踏出了石屋的门。

"站住,博尔兀汗女,你不准离开!"

"额图真伯母,我不知道你有什么资格约束我的行为。"博尔兀尽量压低语气,让尖锐的话听起来不那么刺耳。

"什么资格?哈哈。"额图真干笑两声,"凭着我曾是角鲸部统率全军的大将,凭着我是你母亲所倚赖的左右手,凭着皇姆单汗留给我的遗愿。这样的资格够不够?"

"这是你与角鲸族、与我母亲的事情,与我何干?"怒气燃烧的时候,很容易讲出些言不由衷、又句句锥心的话语。

"怎么会没有关系?你,博尔兀汗女,你是皇姆单汗的血脉啊,你打从破壳而出的一刻起就注定要统治整片汪洋!你生来就必须成为单汗,那是苍生海早就注定的旨意。我的命运也是这样,我这辈子注定要为角鲸族尽忠,要竭力教导皇姆单汗的遗珠。你应当遵循你的命运,跟我学习统治海洋的方法。命运就是命运,那是不能抵抗的!"

"命运?"博尔兀不由得哑然失笑,"命运啊,命运。"

她受够了。每个游猎民都告诉她，命运是如何如何，她们生来就注定要怎样，鱿勒是这样，额图真也是，就连她的莫逆之交栾缇哥那也是一个样。对于这个字眼，她实在受够了！

"命运！命运！你们每一个动不动就提这个词。有什么想做的事情，就算是强蜥所难的事，只要随便套上一个命运当作借口，就可以任意指使，用来掩饰自己的私欲！活了这么久，难道你们不知道，命运是可以自己掌控的吗？"

博尔兀不再掩饰，将满腔愤怒爆发了出来，这股能量激流朝着额图真直袭而去，却反而激起了滔天的巨浪。

"你竟敢这么诋毁苍生海的旨意？巫医的占卜就是苍生海的旨意啊，你又有什么资格去质疑苍生海的旨意？又有什么资格不去相信命运？"额图真顿了顿，望着博尔兀，换上了讽刺的语调，"我明白了，定是鱿勒把你带到陆地上的时候，你学习了那些软弱的多神信仰，也难怪你会想成为能掌握自己命运的浪客了。你的思想被陆地上的贪婪污染了，博尔兀，你需要沉淀，否则不用说做皇鲟单汗的继承者，你连一个游猎民的责任也担当不起！"

"那正好，反正那单汗什么的我也不想当了。"这时博尔兀也丧失了理智，赌气说着令听者锥心的话语。

"什么？你再说一遍？"额图真厉声喝道。

"苍生海的巫医说，我的命运就是要在这时到北极圈去，去成为浪客！胆敢阻止我的，没一个有好下场！"博尔兀索性假借着她所厌恶的命运之名顶了回去。

"什么时候说的？"额图真倒是真的给这句话吓倒了。

"苍生海的巫医亲口告诉我的！"博尔兀又是一句谎言。

"谁？哪个部族的巫医？"

"巫医说不能说出他的名字，那是苍生海特别吩咐的。"

博尔兀这时反而有些想笑。额图真被这几句话弄得思绪模模糊糊的，直到看见博尔兀嘴角的窃笑，才知道自己被愚弄了。她气急败坏地立起身，瞪着博尔兀喊道："住口！你这不知好歹的小雌蜥，花言巧语油嘴滑舌我不管，总之，你想离开这个潟湖，就得先过我丹顶额图真这一关！"

额图真拿起了身旁的长棍，双眼冷冷地望着博尔兀。她两只爪一左一右威武地踩着沙地，挺直腰杆，显露出一将当关、万军莫敌的大将之风。

久经阵仗的老将摆开了架势，那股纵横全场的气场立刻就让博尔兀动弹不得。直觉告诉博尔兀，额图真的武艺虽不及鱿勒，但是凭着多年经验要击败自己绝对轻而易举，但是她也不愿就这么屈服在蛮横不讲理的暴力之下。

博尔兀又向前一步，她赌额图真不敢伤害自己。她步步紧逼，眼看着就要来到潟湖畔，蛟龙翡翠的身影就近在眼前。

"博尔兀汗女，今日只有动这棍子，才能让你清醒了！得罪。"她听见这个声音的时候，额图真已攻了上来。这个时候，一声清亮的嗓音突然传入双方的耳中。

"等等,额图真,别仗着自己年纪老欺负博尔兀,我可全都瞧在眼里了。"

她们循着声音的来处往上看,在陡峭岩壁的边缘上,一个高大的身影正从容向下俯望着。鱿勒回来了!

"鱿勒……你回来得正好,有几句话我要跟博尔兀汗女说,你也来帮我!"

鱿勒没有回答,从峭壁上几经转折跃了下来,站在额图真与博尔兀之间。她望着额图真说道:"博尔兀说得没错,我之前卜问了巫医也得到这个结果,让她走吧。"

她回头对博尔兀说道:"快走吧,博尔兀,到极地去磨炼磨炼,去取回属于你的命运,假使这么做你心甘情愿的话。"

"鱿勒……你……"额图真一时也惊讶得说不出话来。

"谢谢你,鱿勒,我会成为浪客的。"博尔兀头也不回地直接跃入潟湖,在半空中留下这句话,然后牵着蛟龙翡翠迅速离开。

"你怎么能够这样?你不知道这是小雌蜥满脑子古灵精怪想出来骗你的话吗?她这么一走,万一死在极地那种地方,咱们十六年来的辛苦不就都白费了吗?鱿勒啊鱿勒,你怎么……"

"别急啊,额图真,你听我说。"鱿勒仍是一副从容不迫的模样,"即使那是博尔兀自己决定的,你又岂能知道那不是苍生海暗中注定的呢?不用空担心,额图真,相信十六年前巫医贾尔骨占卜的预言吧,让博尔兀去成为浪客。在这段时期,咱们也应该开始准备召集角鲸部散落在各族里的残众了。博尔兀有她的使命,咱们也有咱们的。目前,也该去寻找一个弱小的部族了。"

"哦……你说得也有道理。"额图真仔细一想,"刚说到巫医贾尔骨,你这一趟不就是为了找他吗?结果如何?"

"结果如你所见,我的身边并没有一个雄歌瓦,而这也正是我延迟的原因。"鱿勒说,"我们有很大的麻烦,巫医贾尔骨在三年前死了。"

"死了?"

"他活了六十七岁,就雄蜥而言,他的寿命算是很长很长了。"

"那……他死了,留下的那只碧刃呢?他所遗留下的那些事情又该怎么办呢?"

"你提到重点了,额图真。"鱿勒指着海洋,"根据我听到的消息,贾尔骨曾经收养了一个聪明的小雄蜥作为巫医的见习。他死后,那个小雄蜥继承了他的名衔成为巫医,并且继承了贾尔骨的所有事务,想必,也包括咱们角鲸部这件事情。"

"那么,碧刃也在那个巫医手上啰?"

"很有可能。"

"你打听过他叫什么名字了吗?还有该怎么去找他?"

"他叫胡筝儿,三年前离开了贾尔骨隐居的那个半岛,行遍四海游历去了,据说许多部族都曾被他造访过。"

"所以咱们当前最迫切的事情,便是要把这个胡……胡筝儿从这片茫茫大海之中给找出来？"

"没错！"鱿勒指着外面的海洋，黎明即将到来，"这就是最麻烦的一点。不过，额图真，你也好久没有外出了，身子也变胖了许多，不如跟我一同到各地游历游历？"

额图真顶着额头的一抹酒红，下眼皮眨了几下，看似呆滞的表情之后，脑袋瓜儿却灵活地运转着。侧着头思索了一阵之后，她再度开口："也是时候了！距离那时整整十六年了，倘使博尔兀汗女的离去不是一种违背天命的偶然，那么我们的确得开始布局了。咱们角鲸部的部众虽然早已四散各族，但总还有些游猎民仍然记得皇鲟单汗的恩德，厌恶蓝帝汗作风的族民也逐渐增加着。这或许能印证当年贾尔骨卜问的结果，还记得他说过的那句话吗？"

"只要尾巴还能动，就一定游得下去。"

"没错！就是这样，即使反对赤瑁部的力量现在只像微风拂过海面，激不起一点儿涟漪，但微风汇聚成了风暴，就能卷起滔天巨浪了！鱿勒，你说得对，咱们该动身了，去找寻其他的微风吧。"

"听你这么说，好像早就知道该拉拢谁似的。"

"没错！十六年来，我虽从未游出白沙岛一里之遥，但是对于海上部族的情况却了如指爪啊。"额图真昂然仰着头说道，"几年前黑鲔部被蓝帝汗灭族了，栾缇家的长女和丈夫却逃过这场劫难，她们这些年来不断被赤瑁部追讨，却都能死里逃生，那个歌瓦的名声也因而被传得有如法螺那么响亮。"

"那个歌瓦叫什么名字？"鱿勒问道。

"叫栾缇……栾缇……歌勒吧，还是叫哥那？噢，我想起来了，叫做哥那没错！"

额图真急切地迈开步伐奔回石屋，想赶快收拾好东西同鱿勒动身。鱿勒却兀自伫立在潟湖边，喃喃念道："栾缇哥那，栾缇哥那，这个名字，不久前仿佛听谁说过……栾缇哥那……"

涨潮了！潟湖的水面也跟着上升，就在进退间缓缓淹过鱿勒的脚掌背，也把博尔兀曾经踏过的那些足迹给湮灭了……

附录一　歌瓦的分类地位

核酸型生物

真核生物超界

动物界

脊索动物门

脊椎动物亚门

爬虫纲

鳞龙纲/倍弓类

有鳞目

鬣蜥下目

蜥蜴亚目

半内温蜥科

智蜥属

    a.歌瓦种

    潜歌瓦亚种：鬣蜥族歌瓦

    奔歌瓦亚种：飞蜥族歌瓦

    b.南瓦巨蜥种：巨蜥族歌瓦*

    c.锥眼种：避役族歌瓦*

    d.蛇首种：蛇首族歌瓦*

[*为已灭绝种]

附录二　苏嫣行星简史

在浩瀚无边的宇宙中,绝大多数行星与卫星并不适合生命存活。位于可栖区(habitable zone)、组成元素又适当的星体出现的几率尽管微乎其微,然而一旦乘以宇宙中几乎无穷无尽的星体数量,那么,关于宇宙中是否存在着生命这个问题,就能得到相当乐观的答案。

事实也正如我们所知,即使在长蛇-半人马座超星系团(Hydra-Centaurus Supercluster),也存在着数十万颗适合发展生命的行星。在这当中,虽然有类似地球这样从未受到干扰、能独立衍生出好几代智慧物种的行星,但是类似《海穹英雌传》故事舞台"苏嫣行星"这样,在发展过程中很早就遭到外力介入、殖民的星体也不在少数。

苏嫣所在恒星系位于矩尺座星系团(Abell 3627)之中,由于世居该星系团的一个古老智慧物种"可可"曾与地球早期的智慧物种缔结盟邦关系,盟约之中包含"保存生物多样性"的条款,缔约双方必须在各自领域内挑选十二个可栖区星体,作为保留完整生命体系的博物馆/种源库行星,而苏嫣行星在直径、质量、元素组成、公转、自转周期与大气组成上,都与地球有非常高的相似性,因而被可可一族选中作为履约地点。对应主题为:"双弓类乐园",旨在保留地球中生代时期的完整生态体系,并且持续监控地球上新出现的蜥形纲(包含蜥蜴、蛇、龟鳖、喙头蜥、鳄、恐龙)物种,随时补充种源库,另一方面也预备作为观光用途。

可可一族开发苏嫣行星之时，行星上的海洋里已经独立演化出生命，许多巨型的单细胞生物已组成一个初阶的生态体系。一系列的行星改造工程，使这些最初的原生生命走上灭绝的道路。紧接着，可可们开始将地球中生代时期的物种移植到行星上，并且以个别大陆为主题，设置了"二叠纪"、"三叠纪"、"侏罗纪"、"白垩纪"四大生态主题区与若干较小的旁支主题区。这个时间在《海穹英雌传》故事发生的8800万年前。

而后，苏嫣行星便以一个博物馆／种源库的状态，不受干扰地度过了8800万年时光。到后期，除了自动化机械之外，甚至就连可可一族自身都几乎忘却了它的存在。在这期间，一支海鬣蜥在各种环境变迁的影响下，历经2000多万年的时光，在行星上演化出了以歌瓦为主的五种亲缘智慧物种，这个原生文明曾经一度发展出接近登陆卫星的科技，史称"绿色文明"。

眼看着歌瓦文明距离加入星空社会就只差那么一点点距离了，就在此时，一支来自地球、演化自兽脚类恐龙的智慧物种"鸟羽蛇"墨氏财团，却在矩尺座星系团里逐步茁壮，凭借着良好的政商关系，硬是解除了近亿年前签署的协约，而将包括苏嫣行星在内的十二颗种源库星体纳入财团势力下，计划将这些条件与地球相仿的行星，开发成为殖民工厂。

于是，"绿色文明"鼎盛期的某一日里，苏嫣行星的天际线出现了密密麻麻的巨型星舰，紧接而来的，则是全面的疯狂"清洗"——仅仅过了三个行星日之后，遍布行星各处的数千座大小都会全都化为灰烬，数以亿计的歌瓦惨遭屠杀，全球各地仅残存数千万名歌瓦,被留做预备的劳动力。这段凄惨的过去,就是现今各地神话中"诸神自星空降临"的真相。

清洗过地表之后,乌羽蛇墨氏财团开始将大批的设备移入行星,伴随而来的还有以顾问、技士、奴工等不同身份迁入的许多智慧物种,以及支撑这些智慧物种日常生活所需的各种动植物。占据最大比例的便是世代相传的人类奴工,因此,大量的哺乳类家畜与高等显花植物也进入了苏嫣行星,对既有的生态系统产生了剧烈冲击。

乌羽蛇墨氏财团在苏嫣行星进行了约6万年的殖民统治,然而,一场从矩尺座星系团其他角落蔓延而来的战争,在千年后最终还是逼近了苏嫣恒星,在参战的三方势力都拥有坍缩行星等级的毁灭性武器的情况下,墨氏财团毅然决定放弃苏嫣行星,以保全贵重的器械资源。于是短短百日内,行星上的硬件设施全部撤离,许多来不及带走的奴工与驼兽,则被随意弃置在行星上。

由于诸神们将歌瓦所建立的"绿色文明"破坏得十分彻底,而大多数的奴隶又没有知识,因而在接下来的6.5万年,整个行星呈现出一个毫无秩序的混乱状态,到处爆发战争,诸神来不及带走的神奇工具更常在战争中起着决定性的作用。关于这一段历史的记载相当有限,只知道,包含歌瓦在内的十七个智慧物种,在经历了这长达数万年的"混沌年代"后,仅有歌瓦、人类、贝希摩、多兰、鸟人这五个物种存活下来,除了歌瓦智蜥之外的其他智蜥,都在这段时期内相继灭绝。

纪元前3.5万年起,五个物种经历漫长时光而逐渐相互了解，开始彼此包容，人类与歌瓦这两大物种甚至能够共同居住生活，即使各地皆因连年动乱而重返野蛮阶段，他们却也毫不灰心地重新朝着文明迈开脚步。

这就是我们今天所踏着的这个世界，同时，也是博尔兀曾经驻足、"蓝祸"曾经侵袭过的世界。

附录三　歌瓦演化史

歌瓦智蜥是苏嫣行星上原生演化出的智慧物种，在瓦尔大陆称之为"歌瓦"，"蜥蜴人"(Lizardman)则是她们讨厌的俗称。其他大陆与文化圈对于境内的歌瓦则有其他称呼，例如强卡仑宗教圈内称之为"拖鲁喀喀（会说话的蜥蜴）"，南半球的齐文化圈则有"鬣民"、"湖民"或"蛟族"等称呼。她们不是星空诸神带来的智慧物种，在诸神降临之前，她们早已统治称霸了苏嫣大地长达5万年的时间，本文将根据近年来地质学家与古生物学家的文献，简略地描述歌瓦在行星上的演化史。

有关歌瓦的血脉，最早可以追溯自隶属于新大陆鬣蜥科的海鬣蜥，它们是整个行星上唯一一种海生的蜥蜴类，体内拥有排盐器官，因而能够克服海水中的高盐浓度，将多余盐分从鼻孔里排出去。

相当于双弓类温血爬虫横行大陆的那个时代(约纪元前8800万年)，鬣蜥的共同祖先已存在于行星上，在海鬣蜥演化历程中，开始的数十万年与地球上的情况相似，它们栖息在火山岩质的孤岛上，以海藻为主要食物来源，白昼时常常成群结队趴在阳光下享受日晒，借此提高体温，以利活动。

然而，在距今2350万年前，由于剧烈的地质活动，使得海鬣蜥们居住的群岛逐年沉入海中，赖以维生的藻类逐渐减少，海鬣蜥们不得已将食性由素食向杂食发展，食物包含了藻类以及沿岸的节肢动物(昆虫、甲壳纲等)、软体动物(腹足纲、双瓣纲贝类)、刺胞动物(旧称腔肠动物,如水母)、棘皮动物(海胆、海参)。丰富的动物性蛋白质提高了它们的热转换产能,使它们更具活力。

约在1200万年前,一种海鬣蜥后裔"内温蜥"逐渐演化出能保持体温恒定、类似黑鲔鱼的逆流交换系统,能经常性地让脑、中枢神经系统、眼睛以及主要脏器维持在37℃的恒定温度。截至目前,关于在这段时期是什么环境因素迫使海鬣蜥们演化出内温性,演化学界尚未出现具有公信力的假说,这个谜团还有待学者们进一步探索。

由于恒温,海鬣蜥们的感官受器对周围环境的反应更加灵敏,也逐步演化出母系育幼行为。天空中日见繁盛的大型翼龙类与掠食性反鸟类,偶尔会以海鬣蜥的婴蜥为主食,衍生出育幼行为的雌性海鬣蜥为了保护子代,必须经常以较强壮的后肢将身躯拱起,甚至跳跃起来吓阻翼龙类与鸟类。在自然筛选的机制下,带有后肢强壮相关基因的海鬣蜥便能留下较多后代。经过数百代天择后,一种全新的海生蜥蜴类出现了。出现于880万年前的"立身古蜥"是一种长时间以后肢与长尾巴这三角定点来支撑体重、保持身体平衡的大蜥蜴,这项体格上的演化造就了它们迈向智慧物种的第一步:迅捷而直立。

直立后,后肢负荷着体重,空下来的前肢便演化出了新功能。由于族群数目增加,一部分立身古蜥开始离开海岸线,向它们族类从未接触过的内陆迁徙:"沉木古蜥"(以发现地西泽兰沼泽大沉木为名)首先给了我们惊喜,"芸香古蜥"、"远望蜥"(因化石体格硕大,形态状似远望而得名)这几种化石的出土,为我们大略地简述了直立蜥蜴们前肢演化的过程。经过漫长的时光流逝后,一具出土于菲德瑞克河畔的直立蜥蜴化石告诉我们,大约在距今460万年前,一种拇指能与其余四指对握,能以前肢抓握物体,甚至制造简单工具的全新物种诞生了:从"燧石智蜥"开始,直立蜥蜴的演化抵达了第一个里程碑。从出土化石的岩层中也一并挖掘出了多件简单的石器,其中包含了燧石制成的粗糙石刃。从这些可以判断出燧石智蜥们已经拥有相当程度的"智慧"。

在迈向文明的演化旅途中,从海洋到陆地让歌瓦的祖先们完全直立,但是在出现文化的必经道路上,直立蜥蜴们还得再回到海岸才行!纪元前220万年,在海岸边出现了一支更接近现生歌瓦的直立智慧蜥蜴群——"布罗异齿智蜥"。她们在体格上虽与燧石智蜥没有太大差别,但吻部的骨骼形态却有了很大的变化,她们摆脱了一般爬虫类的单一牙齿形式,出现了类似哺乳类的犬齿与白齿两种齿型;此外,口腔的空间比起其他直立蜥蜴也扩大了不少。间接证据显示,她们原本紧贴下颌的舌头更能灵活摆动,这代表着她们很可能已经发展出粗糙呼噜的语言,而这恰是创造文明至为关键的一项成就。拥有语言后,智蜥们便能将已发展出的技术借由语言传递给后代,传承与创意的结晶则是渔网与钓竿,这些工具使智蜥们可以捕捉数百万年前祖先们无力获取的、灵活游动的丰富蛋白质——鱼类及头足动物。

鱼肉和乌贼所拥有的丰富能量带给智蜥们大脑更多的营养,在纪元前100万至66万年的这段期间所出土的多种智蜥化石证明,智蜥们的脑容量从600毫升迅速增加到1350

毫升。而这段时期的化石群也往往伴随着小聚落、弓箭、简易建筑、壁画等等蒙昧阶段到野蛮阶段的代表性物品。从早期壁画的单色调到后期的五彩斑斓判断，歌瓦们似乎也是在这段时期内产生了彩色的视觉。这个时候的智蜥们开始朝着各种环境产生辐射适应。

大约57万年前，向终年冰封的北极迁居的一支歌瓦，遵从伯格曼法则的影响，为了抵御严酷的环境而体型日益巨大，最终演化成为"南瓦巨蜥"，并发展出能在接近极地建造神殿的高度文明，她们也就是"绿色时代"所称的德塞特巨蜥族歌瓦。

另一支朝热带雨林深处演化的智蜥，则在约纪元前44万年，与当地连绵不绝的茂盛雨林展开了共生共存的关系，她们从色彩鲜艳的雨林动物（箭毒蛙、金刚鹦鹉等）身上获取各种颜料，并因此发展出一套改变身体颜色以与环境融合的技术，但她们始终滞留在野蛮阶段，没有发展出文字。直到"绿色时代"末期，拥有与当代相当的高科技的歌瓦们才在开垦丛林时发现这个失落已久的同属伙伴——"锥眼智蜥"，"绿色时代"则以避役族歌瓦来称呼她们。

还有一支特别的部族，约在39万年前选择阴暗潮湿的岩洞石窟作为族类衍生地，她们的形体为了适应岩洞狭窄崎岖的环境而变得十分纤细，颈子与尾巴都十分细长，而且这个部族的雌雄之间外表差异也不像其他歌瓦那么大，性别比例也趋近于1:1，而非其他智蜥的1:5的雌雄比。这支歌瓦被称为"蛇首智蜥"，在"绿色时代"则被称为"细身歌瓦"。

最后一种智蜥则善于适应各类环境，她们的分布范围于1.8万年内扩展到全球的各大陆，在纪元前33.5万年，第一种歌瓦文字出现在龙脊镇遗址。歌瓦们迅速征服了草原、莽原、阔叶林、落叶林、针叶林、沙漠、山地、雪地、岛屿甚至海洋等各种环境。她们为数众多，建立了无数的种族与国家，她们就是"绿色时代"的创建者，自称为"歌瓦"的歌瓦智蜥。

"绿色时代"一直持续至纪元前16万年，她们从蒙昧无知一路演化至文明阶段，数千万种特异的文化诞生在这颗年轻的行星上。歌瓦们的科学技术不断提升，甚至一度逼近脱离行星重力的高度，直到来自星空诸神的降临，才对这个文明产生了彻底的改变。

附录四　歌瓦的外在形态与内在生物特性

歌瓦的外观：

外观： 歌瓦个体间具有多样性以及雄雌二型性，就如同人类有着不同身高、体重和脸孔一般。

头部： 与有鳞目蜥蜴中的鬣蜥、飞蜥、蜥蜴、石龙子四科爬虫头部造型相似，头颅后方开始延伸至颈部，可能长出棘(spine)和鬣(crest)。没有外耳，可清晰见到耳鼓。长棘通常具有鲜艳色彩，是社会地位的象征。雄性下颚会有肉囊，求偶时能充血展现鲜艳色彩。具有可闭阖的下眼睑，恰与人类相反。瞳孔为圆形。

躯干上的棘和鬣退化，仅披有鳞片；尾部除鳞片外，亦常见覆盖有骨质片状结构，亦长有棘。

皮肤被有表皮性鳞片或盾板，皮肤腺体不发达，具有蜕皮现象。通常每年春、秋各蜕一次皮。鳞片种类：方鳞、圆鳞、粒鳞、疣鳞、棱鳞、锥鳞、棘、鬣以及在颅颈后方特化的鬣棘。

骨骼系统： 脊椎骨共分为颈椎(8节)、胸椎(11节)、腰椎(5节)、荐椎(2节)、尾椎(15节)五大段，第一、第二颈椎为寰椎、枢椎。前后肢皆为五趾型，拇趾与其余四趾可对折做出握状。趾具有三趾节与角质化的爪。后肢移动方式为趾行型。

循环系统： 闭锁式循环系统，心脏为二心房二心室，心室分隔不完全，以肺呼吸。四肢演化出逆流交换系统，能够减少体热散失。脑部、中枢神经系统以及主要动静脉常年保持37℃恒温，是一种半内温半外温的恒定系统，手脚冰冷时仍需晒太阳吸收能量，但也能迟缓地行动。

消化系统：牙齿为侧生齿，已脱离爬虫类的范围演化出牙齿的异型性，分为类犬齿与类臼齿两种类；代表杂食性。消化道具有砂囊，能吞下小石块帮助磨碎食物。肝有五叶，每叶有各自的门脉系统，尿注入泄殖腔一并排出。

惯用手：80%以左手作为惯用手，10%右手，10%左右开弓。

歌瓦的生活史与生殖：

平均寿命：雌性约80岁(可长达200岁)，雄性约40岁(可长达80岁)。

性成熟年龄：雌性约30岁，雄性约15岁。

受精方式：采取体内受精。雄性具有成对的交接器(半阴茎)，精子经由泄殖腔(Cloaca)进入雌性卵巢。

生殖：采取卵胎生。壳卵在雌性体内受到保护，吸取卵内养分发育，卵壳为软性革质。鼹蜥族歌瓦一胎可产下一至二个婴蜥；飞蜥族歌瓦通常产下双胞胎。卵的分类属于壳卵、端黄卵、有羊膜卵。

胚胎卵裂方式：不全等割、盘割。

五种智蜥的外在形态:(长度单位:维分　*表示灭绝种)

单位:维分	平均直立高	直立高范围	平均尾长	平均重量
鼗蜥族歌瓦雌性	181.2	160~230	213.5	85 维磅
鼗蜥族歌瓦雄性	161.3	150~190	173.8	50 维磅
飞蜥族歌瓦雌性	168.4	160~185	189.4	65 维磅
飞蜥族歌瓦雄性	153.5	145~170	174.9	45 维磅
*巨蜥族歌瓦雌性	280	240~320	310.2	300 维磅
*巨蜥族歌瓦雄性	240	196~260	285.8	160 维磅
*避役族歌瓦雌性	172	155~190	200.4	70 维磅
*避役族歌瓦雄性	170	155~190	198.3	60 维磅
*蛇首族歌瓦雌性	180	160~200	303.6	65 维磅
*蛇首族歌瓦雄性	175	150~190	306.8	65 维磅

歌瓦的地理与民族区分:

陆地基本族群: 鳞片、眼珠颜色不定,身材适中者占大部分。

极地白鳞族: 全部为白鳞黑眼,身材高大壮硕,雌性平均有 195 维分。

热带黑矮族: 居住在赤道地区的若干岛屿,黑鳞,身材纤瘦矮小。

海洋游猎民: 鳞色不定,但褐绿、褐蓝占大部分,身材中等,尾巴截面积偏扁。

黑金族: 全族皆为黑鳞,有金色纹路沿体侧分布。

飞蜥族: 少数居住在全球各地高山,尤其以摩摩斯领国数量最多。

后 记

赵国珍

如果说传统文学是对历史的现实的观照的话,那么,科幻文学则更是一种对未知的未来的观照。

从上个世纪初梁启超翻译凡尔纳的《十五小豪杰》始,到今天刘慈欣的《三体》三部曲被翻译成多种文字走向世界,一百年来,科幻文学在中国经历了从引进到输出的轮回。这一轮回,既是科幻文学这一文类形成与发展的必要过程,也预示着中国的科幻文学开始独立和走向成熟。应该说,中国人的世界和生活中,不能没有科幻文学;而世界科幻大家族中,也不能缺失中国的身影。那么,现在的问题是,目前的中国科幻文学到底是一个什么状态,它有什么样的作家群体,创作了什么样的作品,发展到了什么程度,恐怕仍然不为许多人知晓。现在,大家手头的"沸点"科幻丛书,就是想解决这个问题,就是想回答正在进行时的中国科幻文学"是什么"和"怎么样"的问题,就是想为了解和研究中国科幻文学创作现状的人们提供一个"典型性"文本。

记得在2010年我担任《科幻大王》主编时,曾经向刘慈欣约稿,他向我表达的观点是他们这一代人在中国科幻文学的发展过程中,相较于前辈作家来说,只能算是个新生代,而正在出现并将逐步引领风骚的更生代作家已经崭露头角。他如数家珍,热情地为我推荐了一长串名单,并且说这些人才是中国科幻文学的未来。这其中固然有大刘惯常的谦逊和低调,但如果冷静分析,他之所述,的确也是一种客观现实。因为放眼全国科幻界,具有阿西莫夫之风的上海女作家陈茜、文风刚柔并济的北京女作家凌晨、台湾科幻、科普两栖作家李伍薰、国内第一个职业科幻作家兼科幻产业开发者郑军、具有鲜明创作个性的陈楸帆、飞氘、江波、夏笳——纷至沓来，源源不绝的创作人才，正是长江后浪推前浪、科幻代有人才出的现实写照啊！

当然，成熟的文学类别是以稳定的作家队伍、稳定的作品形态、稳定的读者人群和稳定的社会反应为标准、为标志的，以此来客观而冷静地观照当今的中国科幻文学，其作家队伍、作品形态、社会认可等固有元素，应该说距离成熟和独立的文学类别还是有一定差距的。但我们也应该看到，传统文学已经拥有三千年以上的历史，而科幻文学如果以公认的玛丽·雪莱的《弗兰肯斯坦》为诞生标志，至今还不到二百年的历史。以二百年的发展过程，能达到今天这样的发展程度，在西方许多国家甚至发展成为主流文类和主流产业，科幻文学旺盛的生命力、强劲的感染力和充沛的发展力，的确令人振奋。虽然说，中国科幻文学的发展与繁荣之路还很长，但我们对未来的发展充满信心，也将倾尽全力做出我们的贡献。

山西出版传媒集团希望出版社的"点点"科幻百部原创出版工程，同时推出"奇点""沸点""极点""起点"四套科幻系列丛书，就是希望通过努力，培植中国科幻文学的新生创作力量，擢拔先锋和新锐作家，鼓励题材和手法创新，保护科幻文学创作者的灿烂思维和先锋尝试，保证科幻文学创作的持续健康发展，以更好满足读者的梦幻体验和阅读快感。这其中既有振兴中国科幻文学的责任感，也有繁荣祖国文化事业的使命感。

但愿我们能够做得更好，能够让我们赖以生存和发展的作者、读者更满意。